CW01390699

Pierre Mac Orlan

de l'Académie Goncourt

Le chant de l'équipage

Préface de Raymond Queneau

Gallimard

à CHARLES MALEXIS,
en témoignage de grande amitié.

> *Toi, par le fait que tu es un écrivain ou*
> *un peintre, tu es un mystère social.*
> Pierre Mac Orlan

Décembre 1920. Je suis dans un train (de banlieue) et je lis Le Chant de l'équipage. *Mes parents ont déménagé et c'est le premier soir que je rentre dans la nouvelle demeure familiale après une journée passée à la Sorbonne, à la Bibliothèque Ste-Geneviève et au Ludo (où l'on jouait du billard). Au premier arrêt, je constate que j'ai dépassé ma station. J'ai pris un direct au lieu de l'omnibus. Il faut maintenant en attendre un autre qui me ramène à destination. Je vais avoir deux ou trois heures de retard. C'est une aventure et j'ai le temps de terminer le livre et d'apprendre ce qu'il adviendra de Krühl et de Samuel Eliasar.*

...... il vente
c'est le vent de la mer qui nous tourmente.

Cela m'enseigne en même temps à faire la différence entre rater un train de banlieue et échouer du côté de Caracas, même si je ne connais pas encore le Petit Manuel du parfait aventurier.

Depuis cette date, j'ai bien souvent relu Le Chant de l'équipage *et, à chaque fois, m'enchantent la grand-*

11

peur d'Eliasar, les cravates d'Heresa, les cuites de Bébé-Salé, l'odyssée de l'Ange-du-Nord.

...... il vente
c'est le vent de la mer qui nous tourmente.

« *Tous les voyageurs, écrit Mac Orlan, même ceux du dimanche, sont sensibles à la mélancolie parfois désespérée qui se dégage d'un départ dans une gare glacée remplie de signaux de détresse. On aime les gares pour tout ce qu'elles contiennent d'inachevé dans le passé, le présent et le futur.* »

En cette soirée de décembre, c'est bien ce à quoi j'étais sensible en poursuivant ma lecture dans une salle d'attente misérablement éclairée ; j'ai passé pourtant mon enfance dans une ville maritime, mais peut-être encore plus commerçante que maritime. Quant aux « stars », bars pour marins et autres bouis-bouis, j'étais trop jeune pour les fréquenter et je ne connaissais la rue des Galions que par les plaisanteries qu'elle inspirait.

Bien plus tard, la Chanson de Margaret *m'a donné de nouveau la nostalgie de ma ville natale, nostalgie dont je ne souffre guère par ma propre initiative, mais comment un Havrais ne serait-il pas ému lorsque Mac Orlan évoque la rue de la Crique, le quartier Saint-François, le bassin du roi, la pluie du Sanvic.*

et l'odeur des quais quand il faisait froid.

Trêve de souvenirs personnels, même provoqués. Strindberg écrit quelque part : « Dernièrement douze de mes amis littéraires ont publié un livre à mon honneur formé de douze essais sur ma personne et mon œuvre. Et chacun, sans exception, a écrit directement ou indirectement sur lui-même ; sur ses opinions, ses sympathies, son œuvre. Ceux qui me défendent se défendent ; ceux qui me combattent prônent leurs idées contraires aux miennes. »

Il me semble entendre la voix du caustique Mac Orlan qui, de St-Cyr-sur-Morin, me rappelle à l'ordre. Que je me le tienne pour dit !

Le mot Aventure (A majuscule) courait beaucoup les rues en ces premières années d'après-guerre. Il y eut une revue qui porta ce titre et qui eut pour collaborateurs Marcel Arland, Jean Dubuffet, Roger Vitrac, Georges Limbour, qui, tous, regardaient respectueusement du côté de Mac Orlan ; mais celui-ci, en même temps, démystifia le vocable en distinguant avec une parfaite netteté l'aventurier passif de l'aventurier actif, ce dernier terminant en général son existence au bout d'une corde tandis que l'autre pouvait la poursuivre en tout déploiement d'imagination sans pour cela donner prise à la main de la justice ou aux tracasseries policières. C'est dans Ports d'eaux mortes, *nouvelle contenue dans le recueil intitulé* Sous la lumière froide, *que l'on apprend et que l'on comprend comment l'on devient un aventurier passif (c'est-à-dire le seul vrai aventurier, celui qui se cantonne dans le domaine de l'imaginaire). Nicolas Behen, qui ne compte pas comme une « aventure » le fait d'avoir participé à la Grande Guerre n° 1, « fait » le peintre, comme on dit en italien. Le voici à Brest, dans une pension où logent quelques personnages qui dessinent leur pittoresque sur un fond miteux. Un jour, Behen demande à l'un d'eux, capitaine de remorqueur, de l'emmener avec lui au cours d'une expédition de sauvetage. Il n'y a point sauvetage mais naufrage ; le remorqueur se perd corps et biens, sauf Behen, sauvé* *des eaux. Il commence à comprendre ; et il a compris tout à fait lorsqu'il échappe,* par hasard, *aux conséquences de l'affaire assez louche qui l'avait amené à Brest,* d'assez louche l'affaire ayant suscité l'activité désapprobatrice des magistrats et des policiers. N'étant devenu la proie ni de l'Océan, ni de la Loi, Behen abandonne la peinture et se transforme en aventurier passif, c'est-à-dire en écrivain. L'ouragan qui fait sombrer le remorqueur est le même qui a soulevé l'Europe et le monde entier devant lui, « devant (s)a façon de vivre, (s)a sécurité... et je pensais, dit Behen, qu'il me faudrait, désormais, bien regarder autour de moi, prendre l'habitude de fouiller l'ombre, de développer des instincts atrophiés de bête libre, afin d'éviter des accidents que beaucoup d'hommes, encore réglés sur une morale sociale déjà ancienne, ne prenaient guère au sérieux. Behen mènera donc une vie double : l'une purement littéraire nourrie d'éléments asociaux, et l'autre assez près des manuels d'instruction civique ». Ou encore, comme il est dit dans* Docks *(nouvelle figurant également dans* Sous la lumière froide*) : « C'est par la littérature que j'appris à me méfier de la mort violente et la crainte d'être pendu me convertit aux règles en usage dans la société. »*

Cette nouvelle Ports d'eaux mortes, *qui pourrait porter comme sous-titre les* Années d'apprentissage *d'un aventurier passif, développe aussi le thème de la Chance, et, accessoirement, de la Superstition. « Apprenez, dit un des personnages, à prononcer ce mot (chance) et à l'honorer de quelques égards, si vous tenez à ses faveurs. » Les mots ne sont pas choses anodines. On lit encore dans cette nouvelle : « Prononcer le mot qui désigne la chose que l'on craint, c'est tendre une pointe de platine à la foudre. »*

Les forces obscures sous-tendent toute l'œuvre de

14

Mac Orlan. On y trouve des batailles d'ombres, d'ombres détachées de leurs maîtres, tout comme dans des contes germaniques ; et la Rhénanie tient une place importante dans la géographie macorlanienne. C'est là d'ailleurs un des pays d'élection du diable « quand il daignait se mêler aux hommes », et sa « nature tragique affirme sa complicité avec le prince déchu ». Ailleurs, Mac Orlan parle du « démon des solitudes mystérieuses venues d'Allemagne ». L'un de ses récits les plus angoissants, Malice, *se passe précisément en Rhénanie. On y trouve là l'une des rares allusions à une activité religieuse que l'on puisse découvrir dans l'œuvre de Mac Orlan, lorsque Saint Jérôme, le « héros », cherche « à introduire chez certaines bêtes à tendances sociales — comme les abeilles, les fourmis et les canards — les éléments d'une religion simplifiée à leur usage et dont il s'efforçait de paraître le Dieu ». Activité religieuse singulière, dira-t-on. D'ailleurs le curieusement dénommé Saint Jérôme succombera à l'atmosphère diabolique qui le cerne et l'oppresse. Le diable, dit Mac Orlan, est « un organisateur de désordre » particulièrement appréciable, ne méritant pas plus d'être fréquenté que les truands passés, présents ou futurs. Comme l'aventure et comme la chanson populaire avec lesquelles il forme une sorte de triade, il fournit « un moyen très pratique de changer un décor quand cela est nécessaire ».*

Le diable apparaît quand « il ne se passe rien ». Quand « il se passe quelque chose », c'est-à-dire essentiellement des guerres et accessoirement des catastrophes diverses (épidémies, séismes, etc.), le diable peut se dispenser de fournir les images troubles de son activité. Dans l'autre cas, y est-il pour quelque chose ? Il est vrai qu'alors les esprits du type macorlanien se détournent avec tristesse mais écœurement de ces

15

misères collectives peu dignes de fournir quelque substance à une littérature digne de ce nom; ce qui conduit à se poser la question : Mac Orlan ne serait-il pas un gnostique pour qui le Démiurge, créateur de ce monde, est essentiellement mauvais ? Ce serait peut-être aller trop loin ; au milieu du mal universel, certain bien peut se trouver grâce à une attitude circonspecte et réfléchie qui mène à la littérature, la littérature qui apparaît comme seule solution; c'est au fond ce qu'ont dit également Mallarmé et Proust. L'œuvre entière de Mac Orlan est aussi une Recherche du temps perdu, retrouvé grâce à la sagesse de l'activité littéraire, activité plus que sagesse mais aussi salut.

Je n'en ai cependant pas encore fini avec le diable chez Mac Orlan. Le diable peut aussi prendre des apparences aimables comme l'amoureux de Cazotte. Ainsi, c'est bien un démon que Mrs. Tresley, dans Le Camp Domineau, lorsqu'elle apparaît à Mutche, le bataillonnaire espion. Nous sommes dans le Sud tunisien, dans le désert, sous le même soleil corrosif et inquiétant qui faisait surgir les démons de Midi, tentateurs des ermites et des émules de saint Antoine. Et il ne manque pas de ressemblances — dérisoires : — entre les ascètes voués aux plus pénibles pénitences en vue d'un ineffable paradis et cet espion du Camp Domineau qui subit le sort plus qu'ingrat du bataillonnaire pour quelques poignées de lires dont il a « profité » en quelque absurde pays de l'Amérique du Sud.

Autre incarnation du diable aussi que cette Chita que Krühl fait monter à bord de l'Etoile Matutine et qui démolira les plans bien tracés de cette petite fripouille d'Eliasar — plus consciemment d'ailleurs (mais qu'est-ce que cela veut dire) que Mrs. Tresley n'abolira ceux de Mutche. L'obstination de ce dernier et son absence manifeste de remords (un mot qui n'a *pour lui aucun sens) s'éclairent par cette phrase que l'on trouve dans les* Dés pipés *lorsque Mac Orlan parle, à propos de certains quartiers de Londres, de l'« effroyable misère de cette population dédiée au mal sans arrière-pensée ». Phrase saisissante : combien de personnages de l'œuvre de Mac Orlan se dédient ainsi au mal « sans arrière-pensée ». Ils agissent non avec une méchanceté constante, mais naviguent vers la perdition en maintenant fixée leur boussole. Le fantastique social va s'incarner en des individus qui ne sont ou ne valent guère plus que des vessies de porc ou des pantins de feutre — pantins qui finissent par se dissoudre dans des brouillards spongieux et maléfiques ou par se faire étrangler par leur propre ombre.*

Bien que « la littérature n'apporte pas toujours la paix dans l'âme de celui qu'elle nourrit », elle lui permet en tout cas d'examiner son temps et ses contemporains d'un œil lucide et parfaitement désengagé. Il peut alors — l'écrivain — redonner à la vie la dignité qu'elle perd dans les bars de Rouen, de Hambourg ou de Tampico ou dans les solitudes de Foum Tatahouine. Il peut alors transformer la plus petite crapule en un mythe, la plus vilaine action en une allégorie, les péripéties les plus moches en un symbole lumineux et pur. Tandis que l'aventurier actif s'affaire en des propos futiles comme de faire sa valise, de falsifier un passeport ou de prendre un train à l'heure dite — contraintes douloureuses pour tout esprit doué de fantaisie — l'autre poursuit son aventure intellectuelle en toute quiétude, choisissant avec soin les éléments les plus figuratifs de sa mythologie personnelle : matelots et clochards, compagnons du Tour de France et gitans, putes et souteneurs, marins d'eau douce ou d'eau salée, pirates et gentlemen de la nuit, légionnaires et joyeux. Et ils vont hanter les lieux privilégiés de cette géographie macorlanienne dont je viens de parler, géographie où figurent également en bonne place Brest, Le Havre, les canaux du Nord, Amsterdam, Hambourg, Altona, Londres, Chiaîa, Galveston, Caracas, l'île de la Tortue, Sidi-bel-Abbès...

Tous ces lieux privilégiés, aux résonances magiques (on ne les prononce pas en vain) se peuplent d'individus pittoresques mais dangereux et parfois d'autant plus dangereux qu'ils sont moins pittoresques et composent ainsi des rêves éveillés pour les « lecteurs paisibles... qui, comme on dit, n'y vont point voir ». Tout ce monde d'ailleurs s'enfonce dans le passé où il rejoint déjà, dans les tapis francs, l'univers de François Villon. Pierre Mac Orlan regarde ce départ avec l'œil pénétrant de l'homme qui aperçoit déjà les romantismes naissants. Si d'un côté il déclare : « je ne connais pas l'avion », de l'autre il se demande : comment prévoir « le pittoresque sentimental qui accompagnera les voyages interplanétaires ». Quelques livres de Mac Orlan peuvent se classer sous la rubrique anticipation (Le Rire jaune, La Cavalière Elsa), mais, en général, il n'envisage le futur qu'avec une circonspection redoublée. A vrai dire, on peut dire que dans son œuvre, il n'y a pas de futur, on peut dire aussi qu'il n'y a pas de rêve ; plus exactement, le rêve y est toujours éveillé de même que le futur s'aperçoit dans l'immédiate actualité. Nul n'a été plus attentif que Mac Orlan au cinéma, au disque, à la T.S.F., à ces nouveaux moyens de transmission dont il a bien vu la menace possible pour une certaine littérature. Ces moyens de transmission ont fait leur apparition en même temps que s'effaçait le monde des joyeux et des pirates ressuscités.

Dans La Petite Cloche de Sorbonne *(« qui à neuf*

heures toujours sonne ») *Pierre Mac Orlan écrit : «* Il *ne reste plus rien de ce qui aurait pu constituer un témoignage de nos expériences de jeunesse » ; et dans la préface à une réédition du* Chant de l'équipage *: «* La disparition à peu près totale de tout le pittoresque qui était la substance la plus émouvante de la vie en 1900 est définitive. » Lieux détruits, coutumes oubliées, us abolis ; jusqu'à la notion même de voyage qui s'est transformée. Avant la guerre de 14, il n'y avait que les riches amateurs à la Larbaud et les obstinés aventuriers actifs qui allaient traîner leurs guêtres sur les autres continents. La foule des bourgeois, que n'alourdissait pas alors le complément des congés payés, se contentait des trous bretons ou normands. Maintenant ce sont de véritables invasions barbares qui déferlent chaque année sur les côtes de l'Andalousie, de la Sicile et de la Grèce, en attendant l'envahissement des plages décolonisées et des atolls polynésiens. Ces braves gens qu'aucun fantastique social n'auréole ont noyé l'aventure collective de leur débordement. D'ailleurs Mac Orlan ne s'est jamais illusionné sur la valeur, la nécessité et l'efficacité des voyages. Dans La* Maison du retour écœurant *(écrit en 1911 et publié sept ans plus tard), il déclarait : «* Il *n'est pas absolument nécessaire d'aller plus loin que Suez pour... confondre le mal avec le bien. » Les vrais voyages sont ceux que les «* enfants seuls peuvent entreprendre *», c'est-à-dire les voyages imaginaires.*

Vanité des errances sous les différentes latitudes ou longitudes, mélancolie des départs et mélancolie plus grande encore des retours, effritement continu des mythes personnels dépourvus peu à peu par l'Histoire (H majuscule) de leurs supports matériels — ces thèmes romantiques (et romantique est un mot clef du vocabulaire de Mac Orlan), on les trouve déjà chez Nerval qui conclut ainsi son voyage en Orient :

« *J'ai déjà perdu, royaume à royaume, et province à province, la plus belle moitié de l'univers. J'ai vu... tant de pays s'abîmer derrière mes pas comme des décorations de théâtre ; que m'en reste-t-il ? une image aussi confuse que celle d'un songe ; le meilleur qu'on y trouve je le savais déjà par cœur.* »

« *C'est une impression douloureuse, à mesure qu'on va plus loin, de perdre, ville à ville et pays à pays, tout ce bel univers qu'on s'est créé jeune, par les lectures, par les tableaux et par les rêves. Le monde qui se compose ainsi dans la tête des enfants est si riche et si beau, qu'on ne sait s'il est le résultat exagéré d'idées apprises, ou si c'est un ressouvenir d'une existence antérieure et la géographie magique d'une planète inconnue. Si admirables que soient certains aspects et certaines contrées, il n'en est point dont l'imagination s'étonne complètement et qui lui présentent quelque chose de stupéfiant et d'inouï.* »

Cette dernière citation est extraite de De Paris à Cythère. *On sait que Gérard de Nerval, au cours de son voyage en Orient, « rasant la côte » de cette île devenue Cérigo, aperçut « un petit monument, vaguement découpé dans l'azur du ciel » et qui n'était autre qu'un « gibet à trois branches » ; on sait aussi que Baudelaire s'inspira de cet incident dans le* Voyage à Cythère *dont Krühl, dans* Le Chant de l'équipage *récite les vers fameux :*

Tandis que nous rasions la côte d'assez près
Pour troubler les oiseaux avec nos voiles blanches,
Nous vîmes que c'était un gibet à trois branches
Du ciel se détachant en noir, comme un cyprès.

*Lorsqu'il parvient en vue de l'île dont le capitaine Heresa a décrété qu'y gisait le trésor d'Edward Low et des bords de laquelle Krühl verra plus tard s'éloigner l'*Ange-du-Nord *portant à la corne de mât le pavillon noir, Bébé-Salé chantant* « la vieille chanson de la côte » :

> La bonne sainte Anne a répondu
> Il vente.

*Et tout l'équipage de l'*Ange-du-Nord *reprend au refrain :*

> C'est le vent de la mer qui nous tourmente.

Ce n'est pas arbitrairement que je viens de citer Gérard de Nerval à propos de Pierre Mac Orlan ; c'est un auteur qui lui est cher. On trouve de nombreuses allusions nervaliennes dans son œuvre et n'a-t-il pas écrit un Discours de M. Dupont aîné pour la réception de M. Gérard de Nerval succédant à M. Durand cadet : « *Vous naquîtes, Monsieur, dans une boutique de brocanteurs à l'enseigne de la* Jeune France, etc. » *Et, ici et là, dans ce pastiche de prose académique on découvre des phrases macorlaniennes comme :* « L'aventure peut aussi vous tourmenter, Monsieur, mais nous ne sommes plus de taille à accepter ses risques. » Ou : « s'il vous plut d'aller jusqu'aux heures troubles du petit jour où le bien et le mal se confondent, vos mains demeurèrent sans taches. Quant au reste, vingt pages d'écriture libéraient votre âme. »
Il n'est pas jusqu'aux genres littéraires qu'ils ont pratiqués qui ne soient fort analogues. Dans sa préface à Masques sur mesure, *Mac Orlan, décelant l'importance déjà (1937) capitale pour les imaginations populaires du cinématographe, du disque et de la*

télégraphie sans fil, en concluait que les « meilleurs conducteurs de cette inquiétude et de cette méfiance qui nous inspirent et qui donnent aux paysages et aux hommes une signification remplie de ruses et de complications », c'était l'essai romancé ou le roman plus ou moins poétique. Or que sont les Nuits d'octobre et Petits Châteaux de Bohême sinon des essais romancés, qu'est le Voyage en Orient sinon un roman poétique ; de même que Le Chant de l'équipage est un roman poétique et La Clique du Café Brebis et Masques sur mesure des essais romancés. Et l'un et l'autre sont auteurs de poèmes et de chansons.

L'œuvre de Mac Orlan est singulièrement homogène, du poème à l'essai, de la chanson au roman, il n'a qu'un pas à franchir qu'il franchit constamment. L'Inflation sentimentale, poème, est un essai romancé ; Simone de Montmartre, poème, est un roman. Plus tard, il les recueille en un volume qu'il intitule Poésies documentaires complètes. Tel ou tel roman ne s'avère-t-il pas aussi bien poème que documentaire, et tel essai d'aspect documentaire un véritable roman. Comment ne pas souligner également un titre comme Mémoires en chansons... A ce propos, rappelons que Nerval déplorait que les poètes (ses compatriotes) connussent si mal la musique. Mac Orlan, lui, sait jouer de l'accordéon. L'avenir ne lui inspirant que méfiance, il y a vu un gagne-pain éventuel en des temps difficiles : « ... les uns et les autres nous ne marchons plus dans la lumière claire des anciens jours. Une lueur trouble du crépuscule baigne nos actions les plus banales et chacun bâtit son avenir sur le sable ». (Malice). « Tenir » un accordéon entre ses mains est toujours une ressource... Dans sa jeunesse, lorsque tel Behen il « faisait » le peintre, Mac Orlan a connu la misère, pas la bohème, la vraie *misère. Il en a conservé un souvenir affreux et il n'a pas hésité à écrire : « Toute ma vie, j'ai courbé la tête devant la peur de la faim. »*

Alors il s'engagea non dans la légion étrangère, mais dans la littérature. Ses premiers livres se situent à côté de ceux d'Alphonse Allais et de Gaston de Pawlowsky, chez lesquels on trouvait un premier écho français à l'humour britannique. D'où le pseudonyme écossais de Pierre Dumarchais. Le chef-d'œuvre de cette période de l'œuvre macorlanienne est, sans doute, La Maison du retour écœurant. *Signalons ici, au passage, l'influence de ce livre sur l'œuvre de Boris Vian, lequel avait d'ailleurs plaisir à le rappeler. Lorsque le fils Mac Guldy dévalise les aviateurs pris dans ses gluaux ou lorsque Paul Choux coupe la fièvre d'un matelot en lui coupant la langue, cela annonce l'humour noir des années 50. L'expérience de la Grande Guerre n° 1 semble avoir quelque peu écœuré Mac Orlan de cette manière; elle réapparut après la Grande Guerre n° 2, non moins stupide que la précédente comme il l'affirme avec véhémence, laissant à de plus jeunes le soin de pratiquer de nouveau ce genre d'exercice.*

La seconde partie de l'œuvre de Mac Orlan commence avec Le Chant de l'équipage *et s'est poursuivie jusqu'aux descriptions d'un Rouen ruiné. C'est somme toute celle que nous avons essayé de commenter au cours de cette préface, une œuvre qui évoque le fantastique social qui, né des troubles de la première guerre, à l'ombre de la révolution bolchevique, s'étend aux destructions de la seconde à l'ombre de découvertes scientifiques dont un certain nombre ne sont rien moins que rassurantes. Dans tout cela, Mac Orlan a voulu donner un « témoignage honnête de la vie », cependant que dans ses derniers écrits, chansons ou*

commentaires de chansons, il exprime la mélancolie
« nécessaire pour les solitudes ».

L'œuvre de Pierre Mac Orlan doit être chère à tout
homme qui, tant soit peu lucide non seulement sur son
temps mais aussi sur l'histoire en général, n'en a pas
moins conservé pour cela un amour raffiné pour toutes
les ressources des vies imaginaires et les vertus d'une
mémoire réactivée. Les temps actuels ne leur sont pas
tendres ; mais aussi la lecture de Mac Orlan s'impose-
t-elle à eux comme à tous ceux d'ailleurs qui, négli-
geant les modes littéraires, veulent connaître un écri-
vain d'une qualité et d'une force telles qu'elles lui
permettent de transmettre aux gens de demain des
méditations sur des choses d'hier qui grâce à lui
demeurent toujours actuelles et toujours dignes
d'émouvoir et d'inquiéter. Ce monde disparu de mau-
vais garçons et d'inquiétants personnages va prendre
place à côté de celui des petites gens et des affranchis
de Pétrone : le temps ne change rien à la chose. Tout
écrivain digne de ce nom donne de son époque une
image choisie à la fois véritable et poétique, durable et
irisée ; c'est ce qu'a fait Pierre Mac Orlan.

Raymond Queneau
de l'Académie Goncourt

PREMIÈRE PARTIE

I

LA CÔTE

La pluie ruisselait le long des vitres de la lanterne posée sur la soue où le cochon fouillait du groin une marmite sonore et mal équilibrée.

La maison, plongée dans l'ombre impénétrable, ne se révélait pas tout de suite.

On apercevait incontestablement une sale petite lueur, celle de la lanterne : des flaques d'eau qu'un reflet doré décelait traîtreusement.

Une porte ouverte quelque part dans le noir vomit comme un four à puddler la lumière d'une lampe à pétrole. Une silhouette féminine s'encadra entre les chambranles ; des sabots claquèrent et traînèrent sur la pierre du seuil.

— Oh ! gast ! attends, va !

L'interjection et le conseil s'adressaient au porc exalté, qui se tint coi.

Alors une voix nasillarde pleura derrière le petit comptoir que l'on apercevait vaguement derrière une grande table encombrée de bouteilles vides.

— Adrienne, avez-vous donné à manger au chat ? Quel temps, ma doué ! et M. Krühl qui n'est pas rentré.

— Oui, M'dame ! Certainement, M'dame, fit Adrienne.

— Et quand il va rentrer avec ses vêtements mouillés, gémit l'autre femme, il pourrira encore le plancher de la chambre. L'entendez-vous, Adrienne ?

— Oui, M'dame. J'entends son pas.

En effet, de gros souliers entraient en lutte avec les cailloux de la côte. Quelques injures adressées aux auteurs responsables de cette mise en scène indiquèrent nettement que celui qu'on attendait ne tarderait pas à sortir du mystère.

Subitement, après avoir posé sans hésitation un pied dans une flaque d'eau profonde, M. Krühl, soufflant et de fort mauvaise humeur, pénétra dans la grande salle de l'hôtel Plœdac dont Adrienne, la servante, se hâta de fermer la porte.

— Vous appelez ça un temps, dit-il en s'adressant à la vieille femme qui portait la coiffe de Moëlan, et la collerette blanche des dames de Quimperlé.

— Mon pauvre monsieur Krühl, ma doué ! Adrienne va vous faire chauffer un grog.

— Parfaitement, déclara M. Krühl. Elle va me faire chauffer un grog avec du tafia. Ça lui ira mieux au teint que de rester là à me contempler avec des yeux comme des melons d'eau.

— Ma doué !

La jeune Bretonne s'engouffra dans la cuisine et M. Krühl, ayant accroché son imperméable à un clou, allongea ses jambes, revêtues de gros bas de laine, dans la direction des quelques bûches qui achevaient de se consumer.

C'était un fort gaillard d'une cinquantaine d'années. Ses cheveux grisonnaient aux tempes. Il rasait sa barbe et sa moustache. Son cou énorme se mouvait à l'aise dans le col d'un chandail de laine d'un vert délicat.

Il était vêtu en homme de sport, en joueur de golf ou en peintre futuriste ; il portait sur sa tête imposante une casquette de lainage verdâtre. Ses souliers de chasse valaient, étant donné l'époque, une centaine de francs et ce détail enthousiasmait madame Plœdac qui en avait conçu de la vanité.

— Bouh ! bouh ! peuh ! souffla M. Krühl en cherchant sa pipe. Et ce grog, oh gast !

Adrienne, portant le liquide, s'empressa.

— Merci, Robert, dit M. Krühl.

C'était une de ses manies d'orner la servante d'un nom masculin qu'il variait, selon son humeur et la couleur de ses cravates.

Quand il eut absorbé son grog, il bourra sa pipe, l'alluma et frissonna d'aise.

— J'ai été pris par la pluie, entre Belon et Ker-Goez. Vous pensez si j'ai fait vite pour revenir. Sale nuit. On n'y voit pas à un mètre. J'ai exploré toutes les fondrières de la route et j'ai constaté la profondeur de tous les fossés... Tu peux aller te coucher, ma belle, dit-il en regardant Adrienne, ça t'ira aussi bien que de rester là à te balancer comme un fanal au bout d'une corde.

— Ah ! glapit la vieille dame, et la lanterne qui est restée dehors, Adrienne !

La servante, ayant réparé cet oubli, revint dans la grande salle. Madame Plœdac tricotait. Krühl bâillait, les joues enfoncées dans le col de son chandail.

— Pointe est-il venu ? demanda-t-il entre deux bâillements.

— Nous ne l'avons pas vu aujourd'hui.

— Evidemment, cette vache-là a dû rester à Pont-Aven. Je le vois très bien avec une cuite dans le creux de l'estomac. Le douanier n'est pas venu non plus ?

Non... Et toi, Bilitis, tu ne sais pas jouer aux cartes, naturellement.

La servante se mit à rire.

— Comment, qu'vous avez dit, monsieur Krühl, Bili... ?

— Tiens, chante-nous quelque chose, Adrienne... quelque chose en breton... Non ? Mon Dieu, que tu es bête ! Alors ne chante pas.

— La petite Marie-Yvonne est venue, avec son chien qu'elle appelle son compère, déclara madame Plœdac sans lever le nez ; c'est une vraie fille de la côte ; elle mange la cotriade et boit du cidre avec les pêcheurs. Car nous avons eu aujourd'hui une barque de Gâvres : des vieux. Il n'y a plus que des vieux, maintenant. Le fils à Moreau a été tué aussi. Son père, vous savez bien, celui que vous avez vu ici en permission, il est à bord d'un patrouilleur.

M. Krühl ne répondit pas. Il se leva aussitôt et s'approcha d'Adrienne, qui tout aussitôt se colla le dos contre la cloison en planches qui séparait la salle à manger des pensionnaires de la grande pièce où l'on servait à boire aux matelots.

— Quelle tourte ! Quelle tourte ! se désola Krühl. Ne dirait-on pas que je suis cet être repoussant dont parle l'Apocalypse. Tiens, jeune fleur d'anchois, donne-moi un autre grog, avec du ruys et du citron. Tu n'avais pas mis de citron dans l'autre.

Il regarda le plafond et lança la fumée de sa pipe sur une araignée qui glissait comme une goutte d'eau au bout de son fil.

— Ah ! Madame Plœdac, c'est la guerre, et je n'en vois pas la fin, qui reste-t-il : comptez un peu... Il y a Pointe. Pointe est plus saturé d'alcool qu'un alambic ; ma parole, je n'ose plus allumer ma cigarette à côté de lui. Moreau répète tout le temps la même chose et

Bébé-Salé prépare avec ardeur sa troisième attaque d'apoplexie. Vous me direz que je peux aller à Paris, puisque j'ai de l'argent. Bien entendu. Ça ne me vient pas à l'idée. Aujourd'hui j'ai été à Belon. J'ai vu Boutron. C'est un gars qui n'est pas bête, dame non. Il m'a raconté des histoires sur Tahiti et sur la négresse qui habitait ici avec le peintre. Les hommes de ma génération ont un peu perdu le goût des négresses...

— C'est tout noir, dit Adrienne.

— Elle n'est pas encore couchée ! hurla Krühl. Donne-moi mon grog et je t'ordonne de disparaître, de te dissoudre dans l'ambiance, de t'amalgamer avec l'escalier en bois et les accessoires sordides de ta chambre à coucher.

— Allez, Adrienne, dit madame Plœdac.

— C'est un sale temps de cafard, soupira Krühl. Je ne sais plus... je ne sais même plus si je suis fort. Il regarda ses bras et ses mollets.

« C'est pourquoi, maman Plœdac, je vais aller me mettre dans les toiles. Il n'y a rien de neuf sur le journal ?

Krühl monta. Sa chambre donnait sur la mer. Il eut à lutter avec ses contrevents qui claquaient.

Le lendemain, le temps se découvrit. Un soleil de fin d'hiver, pâle comme une rouelle de citron, éclaira les tas de goémons et les rochers de la Côte. L'île de Groix, à l'horizon, s'allongeait sur l'eau comme un croiseur de bataille.

Alors l'auberge Plœdac révéla les détails de son architecture, sa terrasse où des têtes de thons achevaient de pourrir depuis l'été dernier.

— Ce n'est pas un paysage suffisant pour y élever des négresses, pensa Krühl. Ce cochon de Boutron m'a fait boire du rhum. J'ai vu les Antilles dans un coquillage calédonien et c'est mon estomac qui réglera les frais de ce voyage. Aujourd'hui, c'est vendredi, jour consacré à Vénus. Si je vois Pointe, je l'emmènerai faire une manille à Belon, avec Bébé-Salé.

Il passa sa blouse de chasse, mit sa casquette et descendit dans la salle à manger où son déjeuner du matin l'attendait.

Les deux Bretonnes s'affairaient dans la cuisine. Krühl, son café au lait absorbé, promena son regard autour de lui.

La petite salle blanchie à la chaux et la grande table déserte accrurent son indécision. Les mains dans les poches, il arrêta ses regards sur la cloison de bois que les artistes de passage avaient décorée.

On voyait un soldat d'infanterie croisant la baïonnette ; une date : 27 juillet 1914, puis des signatures et des numéros de régiments.

Krühl resta quelques minutes en contemplation devant l'esquisse et les inscriptions qu'il connaissait cependant par cœur.

— C'est un panneau qui vaudra la peine d'être retrouvé dans cinquante ans, pensa-t-il à voix haute. Il n'en faut pas plus pour imaginer une petite histoire qui ne manquera pas d'émotion.

En sifflant il prit sa canne et se dirigea vers la Côte.

La mer était déserte.

La grande silhouette de Krühl animait seule le paysage. Dominant le roulement familier du flot montant, des mouettes invisibles piaillaient.

A grandes enjambées, les mains croisées derrière le dos, Krühl contourna le sémaphore et prit la lande.

Il rencontra des petites filles en coiffes, habillées comme des femmes. Elles chantaient. Quand elles eurent aperçu Krühl, elles cessèrent de chanter et passèrent silencieusement à côté de lui, d'une derrière l'autre.

Le paysage autour de Krühl se dessinait en grandes lignes simples, sous un ciel de nacre, infiniment délicat. Deux traits souples, comme tracés par le pinceau élégant d'un artiste japonais, indiquaient les collines jumelles qui bordaient la rivière de Belon dont l'estuaire s'étalait comme une nappe d'étain fondu.

Une mélancolie pénétrante enveloppait les choses et le petit moulin mort dont les ailes s'immobilisaient dans le sens de la croix latine.

Le vent soufflait du large, les barques amarrées dans le petit port dansaient sur leurs ancres ou le long du quai. Krühl, les mains dans les poches, la casquette enfoncée sur les oreilles, se hâta de descendre la côte, pour atteindre au plus vite le cabaret de Boutron.

Le vieux matelot, sur le seuil de sa porte, détachait avec un couteau ébréché la boue qui moulait ses sabots.

En voyant Krühl, il entrouvrit sa bouche édentée pour sourire sans lâcher sa pipe en patte de tourteau. Une pipe où l'on avait gravé, avec une pointe de clou, une frégate parée de toutes ses voiles, une crucifère avec les initiales de Boutron sur les pétales.

Sans parler, les deux hommes se tendirent la main. Krühl commanda du vin blanc de Nantes et deux douzaines d'huîtres. Boutron remplit son verre d'un tafia très édulcoré.

Ils burent, trinquèrent, claquèrent la langue.

— C'est pus que d'l'eau, dit Boutron en désignant le tafia.

— Bouh! bouh! peuh! souffla Krühl. C'est comme ce muscadet...

Boutron ouvrait les huîtres, le dos appuyé contre les panneaux de son lit sculpté.

— Tu connais la Guadeloupe?

— Ah! ah! ricana Boutron, et la Matinique.

— As-tu visité l'île de la Tortue?

— Mo pas connin!

Et Boutron, dont la formidable cuite de la veille n'avait fait que de se mettre au point pendant la nuit, fit le geste d'enlacer une femme, naturellement une créole. Il esquissa un pas de gavotte. D'une petite voix cassée et ridicule, inimitablement fausse, il chanta :

> *Mais nous, Kéoles de la Matinique,*
> *A tous nos amis nous faisons kédit...*

— L'île de la Tortue, mon vieux, c'est au nord de Saint-Domingue. Tu aurais pu passer par là. C'était autrefois le centre de la flibuste. Les gentilshommes de fortune fréquentaient cette petite île, et à mon avis, ça devait être plutôt curieux. As-tu vu Bébé-Salé?

Boutron s'arrêta de danser, les yeux rieurs. Il haussa les épaules.

— Tiens, fit Krühl, il n'y a pas moyen de causer avec toi, tu es encore soûl, tu es toujours soûl.

— Rrr roua roua! aboya Boutron, qui, entre plusieurs dons naturels, possédait celui d'imiter le fox-terrier. C'était un de ses succès à chaque pardon, de Lenriotte à Moëlan. Il se chargeait à lui seul de poser des questions et de donner la réponse à tous les

34

chiens du pays pour la plus grande joie des filles de la sardinerie que cet excès de rigolade faisait tomber en mollesse.

— Ah! ferme! ferme, menaça Krühl. Tu ne gueulerais pas comme ça si ta femme était là.

A cette idée le sourire de Boutron se figea, ses yeux clairs connurent une seconde d'affolement. Il passa plusieurs fois ses mains de singe dans le collier rude de sa barbe blanche.

Puis il se mit à préparer les poissons pour la soupe. Krühl, devant la fenêtre, contemplait la petite rue déserte en se rongeant les ongles.

Il regarda sa montre, bâilla, revint à la table où il acheva de vider son verre.

— Vous ne déjeunez pas ici, monsieur Krühl?

— Non, je ne sais pas. J'ai envie d'aller jusqu'à Pont-Aven. Pointe doit être là-bas avec Bébé-Salé. Est-ce qu'il y a du monde à Pont-Aven?

— Ah! dame non, dit Boutron, c'est comme partout, comme à Riec, comme au Pouldu.

— Est-ce qu'il pleuvra, Boutron?

— Oh! dame non, à moins que ça ne soye qu'un p'tit grain.

— Au revoir!

II

LE HOLLANDAIS

M. Joseph Krühl avait dépassé la cinquantaine et, comme nous l'avons dit, c'était un homme d'une force rare. Né à Sluis, petite ville de Hollande, il vivait en France depuis l'âge de dix ans et la déclaration de guerre de l'Allemagne l'avait laissé indécis et désolé dans le petit port breton où il habitait, depuis plusieurs années, l'hôtel de madame Plœdac.

Il était venu par hasard dans ce coin perdu de la Bretagne pour passer un mois au bord de la mer. Il n'était jamais reparti, se complaisant au milieu de cette nature qui flattait sa misanthropie.

Très riche, Joseph Krühl ne vivait que des minutes imaginaires et plus spécialement le passé. Il semblait ignorer le temps présent et s'intéressait peu à l'avenir.

Pour tous ceux qui l'approchaient, il apparaissait comme un homme d'exception, une sorte de misanthrope bienveillant d'une érudition curieuse et d'une sensibilité souvent maladive.

Sa fortune lui aurait permis largement de s'installer dans une fastueuse villa du Pouldu, de Pont-Aven ou de Concarneau. Il préférait la médiocrité colorée des auberges à matelots, la mélancolie des promenades sur la lande, la joie sensuelle des pardons, les orgies de cidre doux, au retour des bonnes journées de pêche. Krühl lisait beaucoup. Dans sa petite chambre qui donnait sur la jetée, il avait réuni quelques volumes qui relataient les hauts faits des pirates, de ces gentilshommes de fortune dont le pavillon noir symbolique hantait ses insomnies.

Les mémoires d'Œxmelin ne gardaient plus de secrets pour lui. Son imagination facile lui permettait d'évoquer, avec une précision absolue, les soirs de bataille au large de la Vera-Cruz ; les pendaisons décoratives ; la vie tumultueuse des bouges exotiques ; les nuits ardentes des tropiques que des éclairs de chaleur traversaient comme de rapides coups de couteau un soir de rixes.

Il recherchait les traces d'un passé si rare sur les figures hâlées des matelots thoniers venus de Groix ou de Concarneau.

Un élégant dundee tendant ses deux lignes comme des bras ouverts le plongeait dans le désordre pittoresque de ses réminiscences les plus inattendues.

Cet homme d'une honnêteté scrupuleuse n'était honnête que dans ses rapports avec la vie moderne et son entourage ; en réalité, il se plaisait à revivre les temps anciens avec une âme de parfait bandit, dans un abandon ingénu de sa personnalité réelle.

En pratique, Joseph Krühl était le plus brave homme de la terre, en imagination, il aspirait à égaler les exploits d'un Rackam ou d'un Morgan.

Les distractions que la Côte pouvait lui offrir se montraient suffisantes dans ces conditions.

Grand buveur, il tenait tête aux Bretons les mieux réputés et sa plus grande joie était de passer pour un être énigmatique aux yeux des étrangers qui venaient chercher chaque année les plaisirs congrus qu'il est

38

normal de demander à une petite plage sans prétention.

Durant les mois de belle saison, l'hôtel Plœdac
recevait une dizaine de clients, pour la plupart des
artistes peintres, leurs amies et leurs modèles.

Krühl vivait à l'aise au milieu de cette colonie. Les
jeunes femmes en jupes blanches et en chandails aux
couleurs éclatantes l'appelaient : « mon oncle ».

L'argent dont il n'était point avare l'aidait à cueillir
des roses, parfois les plus délicates, dont les épines ne
se montraient pas cruelles.

Quand l'hiver venait draper ses ciels de désolation
sur le paysage familier, Joseph Krühl n'abandonnait
pas l'hôtel Plœdac. Il vivait devant la grande cheminée avec ses livres, son chat Rackam, madame
Plœdac et la jeune servante Adrienne.

Les ouvrages d'Œxmelin, du capitaine Johnson, de
Whitehead et de quelques autres auteurs opéraient
alors en toute sécurité dans le cerveau de Joseph
Krühl, comme les romans de chevalerie avaient
opéré sur l'ingénieux gentilhomme de la Manche.

Le vieux peintre Désiré Pointe, confident de ses
divagations, l'aidait à cultiver ses extravagances.

Pour Krühl il rééditait la silhouette si souvent
méditée d'un gentilhomme de fortune selon les plus
pures traditions de l'espèce.

Désiré Pointe était grand, mince, d'œil vif et de
teint coloré. Vêtu d'un complet de chasse en toile
goudronnée, guêtré comme un peintre de la génération de Barbizon, à soixante-dix ans il arpentait la
Côte, la pipe à la bouche et le pen-bas à la main.

— Tu es épatant, mon cher Pointe, disait Krühl.
Sais-tu que tu serais tout à fait remarquable, pendu à
la grande vergue d'une goélette, baigné dans la
lumière aveuglante d'une belle matinée tropicale.

— Tu as des idées remarquablement idiotes, répondait Pointe que cette supposition vexait.

Pointe cependant recherchait le commerce de Joseph Krühl, tout simplement parce que le Hollandais était riche et que la pauvreté du vieux peintre s'accommodait on ne peut mieux de cette différence de situation.

Désiré se vengeait d'ailleurs des écarts d'imagination de Krühl en le débinant adroitement chez la petite Marie-Anne, qui tenait un cabaret sur la route de Moëlan.

— Il est complètement piqué, confiait-il à Bébé-Salé, son compagnon de bouteille. Ses bouquins le rendent complètement marteau. Hier encore il bourrait le crâne à la bonne de la mère Plœdac, la petite Adrienne, avec des histoires d'équipage révolté. La mère Plœdac en avait la tête retournée. Il est fatigant. Pendant l'été, ça va encore, je le repasse aux Parisiens et à leurs petites amies. Il arbore le grand pavois. Mais l'hiver, c'est moi qui le prends pour toute la journée et une partie de la nuit. Quand il ne me voit pas il ne sait quoi f... Hier encore il m'a poursuivi jusqu'à Belon. C'est Boutron qui me l'a dit. Tiens, le voilà.

Au tournant du raidillon qui accédait au cabaret de la petite Marie-Anne, la belle Bretonne, Joseph Krühl, dans son attitude familière, la pipe à la bouche et les mains derrière le dos, contemplait la mer.

— Hé, Krühl ! Un petit tafia ?

— Tiens, c'est toi, Pointe, je te cherchais, mon cher.

Il entra dans le cabaret, serra la main à Bébé-Salé, pinça le menton à Marie-Anne.

— Je te cherchais, mon vieux.

— Quoi, dit Pointe en bourrant sa pipe avec le tabac de Krühl, le capitaine Flint a-t-il hissé le pavillon noir sur la barque au fils Palourde ?

— Ne fais pas le rigolo, mon vieux, tu ferais pleurer Marie-Anne. Il y a mieux pour une fois. Il paraît qu'on attend pour demain un voyageur, un nouvel hôte à l'auberge Plœdac ! Voilà.

Désiré Pointe explosa :

— Qu'est-ce qu'il vient faire ici, cet idiot ? On était à peu près tranquille. Si tout le monde commence à rappliquer, ça va être propre. Qu'est-ce que c'est que ce gars-là ?

— C'est un monsieur très bien, dit Marie-Anne. Je l'ai vu hier à Moëlan, chez Legras. Il est descendu là. Comme il voulait trouver une chambre au bord de la mer, je lui ai dit de venir jusqu'ici, qu'il trouverait une chambre chez madame Plœdac et qu'il serait bien nourri.

— Tu ne pouvais pas te taire ? grommela Pointe.

— Et pourquoi ? répondit Marie-Anne d'une voix aigre. C'est-i vous qui m'apporterez de l'argent pour envoyer à mon homme, qu'est à Salonique. Non, mais des fois ! Un client de plus n'est pas de trop en ce moment. M. Krühl est bien plus gentil que vous.

— Sais-tu ce qu'il m'a dit ? répliqua Pointe.

— Non, mais dites-le.

— Ah ! voilà.

— Ne faites pas l'imbécile, dites-le.

Elle approcha son oreille du visage de Pointe qui retira sa pipe en terre pour lui confier son secret.

— Qu'il est bête ! déclara Marie-Anne toute rougissante.

Puis elle lui donna une gifle.

Pointe exultait. Il montrait Krühl avec le tuyau de sa pipe.

— Ce n'est pas moi qui l'ai dit, ce n'est pas moi.

Bébé-Salé, tenant son verre à deux mains, clignait de l'œil avec intelligence et sifflait de jubilation devant la tournée en perspective.

Krühl commanda du cidre et Marie-Anne prit un verre d'anisette.

— Comment est-il ce gars-là, enfin ? demanda le Hollandais.

Bébé-Salé, clignant toujours de l'œil, indiqua avec des gestes, car il ne s'exprimait que par signes, la hauteur, la largeur, le volume de l'inconnu.

— Ah ! ah ! fit Marie-Anne. Il n'est pas si petit que cela. Il est de la taille au père Palourde.

— C'est ce que je vois, dit Krühl, c'est encore un grenadier qui peut passer sous un petit banc sans baisser la tête.

— Quelle chambre va-t-on lui donner ? demanda Pointe.

— Je ne sais pas.

Désiré Pointe s'inquiétait visiblement. Bébé-Salé, qui ne manquait pas d'à-propos, fit le geste de vider un seau d'eau sale par la porte. Pointe comprit l'allusion, mais n'insista pas.

La situation était claire. Depuis la déclaration de guerre, c'est-à-dire deux ans passés, il n'avait pas versé un centime à la mère Plœdac sous le prétexte répété qu'il n'avait pas de monnaie. L'arrivée de cet étranger l'induisait à penser que madame Plœdac n'hésiterait pas à donner sa chambre, pour le reléguer, lui Désiré Pointe, dans la petite chambre du grenier.

— Cette guerre ne finira jamais ! gémit-il en forme de conclusion.

— En résumé, le type arrive demain matin. Je n'ai rien dit à madame Plœdac ; mais elle aurait pu me demander un avis. Je suis un client qui peut compter pour deux. J'aurais dû louer ta chambre, Pointe. Tu serais tranquille et moi aussi. Maintenant il est trop tard.

Bébé-Salé proposa une manille. Marie-Anne apporta les cartes.

— Quand achèteras-tu un autre jeu? bougonna Pointe en étalant les cartes sur la table. Tu pourrais faire la soupe aux cochons avec ces cartes.

— Quand vous me donnerez de l'argent, monsieur Pointe, riposta la jeune femme.

— Petite coquette, fit Krühl en coupant.

Les trois hommes jouèrent jusqu'à la tombée de la nuit, selon les rites. Krühl injuria savamment Pointe, qui laissa tomber ses sarcasmes sur la tête hilare de Bébé-Salé. Un coup mal joué du fait de ce dernier arrêta la partie. Les trois hommes étaient pâles de colère. Les mains de Krühl tremblaient quand il serra celles de Bébé-Salé.

— Il devait jeter sa femme, dit-il à Pointe quand Bébé-Salé eut pénétré dans une chaumière sordide où il vivait avec sa vieille sœur Adélaïde.

Il en était ainsi chaque fois que Krühl, Pointe et Bébé-Salé jouaient aux cartes. Et comme ils sacrifiaient chaque jour à cette passion, le crépuscule de la nuit les renvoyait chacun dans leur foyer, la face pâle et les idées hostiles. La nuit dissipait ces quelques nuages.

En arrivant chez Plœdac, Krühl demanda :

— Il est là, l'oiseau?

— Oh! monsieur Krühl, c'est un monsieur bien comme il faut, répondit madame Plœdac, et bien savant. Il paraît qu'il est médecin, mais qu'il écrit aussi des livres. Ça vous fera une société.

— Où le mettez-vous? demanda Pointe agressif.

— Voilà, monsieur Pointe, je voulais vous demander d'avoir la gentillesse de me céder votre chambre. Ce monsieur ne restera pas longtemps et vous pourrez la reprendre tout de suite. J'ai fait meubler la petite chambre du haut, celle qui donne sur la jetée. Vous serez très bien. M. Caneton disait que c'était la chambre la plus agréable de l'hôtel.

— Caneton disait cela, ronchonna Pointe, parce qu'il n'y habitait pas. Enfin, madame Plœdac, vous pouvez disposer de la chambre. Je suis très heureux de vous rendre service, mais n'essayez pas de me faire prendre des vessies pour des lanternes. Je ne suis pas débarqué ici avec le dernier wagon de pommes. La chambre que vous m'offrez, en l'agrémentant d'une roue en osier, pourrait convenir à un écureuil. Meublée également d'un perchoir, elle pourrait convenir à un perroquet misanthrope. Mais n'allez pas me dire que les clients se battent pour l'occuper. Prenez ma chambre, donnez-la à votre greluchon et considérez que je vous rends service.

Madame Plœdac tortilla le coin de son tablier et s'empressa de disposer les couverts sur la table.

Krühl, le nez mobile, furetait dans la cuisine.

— Bouh, bouh ! peuh ! Qu'est-ce qu'on mange ce soir ? demanda-t-il en flairant la marmite.

— Allez vous asseoir, vous le saurez tout à l'heure, riposta Adrienne.

— Ce que tu ne sauras jamais, c'est faire de la bonne cuisine ! déclara Krühl. As-tu acheté du lait pour Rackam ? Où est donc cet animal ténébreux ?

Il appela Rackam : « Viens, mon Rackam. »

Un « mia » enroué révéla la présence du chat dans l'escalier de la cave.

— Tu l'as encore enfermé exprès !

Krühl ouvrit la porte et le chat noir sortit lente-

44

ment, la queue perpendiculaire au sol. Il se frotta l'échine le long du comptoir.

— Viens, mon poulet, fit Krühl.

Il gratta la tête de Rackam qui, les yeux clos, commença à ronronner en se collant contre les jambes de son maître.

— Ces messieurs sont servis.

Pointe et Krühl se hâtèrent vers leurs places. Les heures de repas leur apparaissaient comme des heures d'élite. La fin du repas particulièrement, à leur avis, valait la peine d'être vécue deux fois par jour. En prenant le café, le tabac fumé dans la pipe se révélait supérieur. On ébauchait des projets d'avenir, toujours des projets. Krühl évoquait un monde disparu, plein de terreurs.

Madame Plœdac et Adrienne formaient un auditoire de fortune.

Quelquefois Krühl prenait un livre, l'ouvrait avec respect, cherchait un passage et lisait à haute voix une étrange histoire, remplie de coups de couteau, de pièces de huit, de jurons vieillots, de créoles diaboliques, de soleil et d'or, d'étoffes somptueuses et de malédictions.

Les Bretonnes se signaient quand venait le passage de l'inévitable pendaison et Krühl, dont l'émotion pinçait les narines, commandait une bouteille d'un vin mousseux remarquable qu'il réservait pour sa consommation.

— C'est-i vrai ? demandait Adrienne.

III

L'INCONNU

Krühl ouvrit l'œil, bondit hors du lit et, les doigts de pieds retroussés, courut sur les talons jusqu'à la fenêtre dont il écarta discrètement les rideaux à carreaux rouges et blancs.

Sur la terrasse qui surplombait la rivière, plié en deux contre la balustrade, un homme vêtu d'un complet veston bleu marine et coiffé d'un chapeau mou de même couleur contemplait, en fumant une cigarette, une embarcation qu'un gosse âgé de dix ans rentrait dans le port à la godille.

Vu de dos, l'étranger ne paraissait pas très important. La coupe de son veston et de son pantalon relevé d'un pli dans le bas indiquait quelque souci d'élégance.

Krühl reniflait et, la bouche entrouverte, tâchait à voir le visage de l'individu qui depuis la veille avait servi de thème aux hypothèses les moins honorables.

Le hasard ne favorisa pas ses désirs, aussi Krühl se hâta-t-il de vêtir un pyjama de flanelle grise et de chausser ses pieds dans des pantoufles de cuir. Sans prendre la peine de fermer la porte de sa chambre, traînant ses savates sur les marches de l'escalier qui accédait au grenier, il se dirigea vers la chambre de Pointe, à travers des amas de filets en réparation, de vieux prélarts rapiécés, le visage heurtant des linges douteux qui séchaient sur des cordes trop lâches.

Il frappa la porte du poing et des pieds.

— C'est qui ? fit une voix mal réveillée.

— Ouvre, quoi !

— C'est toi, Krühl ?

— Bien entendu, tu croyais peut-être que c'était l'Américaine de Concarneau. Regarde-toi dans une glace avant de te livrer à des suppositions.

La porte s'ouvrit et Krühl, pénétrant dans la petite chambre, eut tout juste le temps d'apercevoir deux jambes aussi charnues que des ceps de vignes, une chemise qui claquait au vent comme un pavillon.

— Tu dormais ? fit-il d'un air innocent.

— Ah... Oh... c'est-à-dire que non... je pensais à... je...

— C'est curieux comme le rhum te rend lucide. Il est huit heures.

— Ah ! bâilla Pointe que cette révélation n'écrasait pas outre mesure.

— Oui, il est huit heures, poursuivit Krühl, et le type est là, en bas, sur la terrasse.

— Où donc ?

— Sur la terrasse.

Pointe sortit du lit et s'approcha de la fenêtre, suivi du Hollandais. Il entrouvrit les rideaux, se frotta les yeux, puis se retourna vers sa table de toilette, prit un verre qu'il remplit d'eau. Il l'avala d'un trait et revint à la fenêtre.

— Ah ! oui !... dit-il.

— Ça fait une heure qu'il est comme ça, ajouta Krühl. C'est un individu dans le genre des crocodiles du Jardin des Plantes, on pourrait le contempler une journée entière sans le voir essayer un mouvement. Quel drôle de corps !

Pointe s'habillait, enfilait une à une les différentes pièces de son costume de chasse en toile rouge. Quand il eut terminé, il trempa une brosse à cheveux dans un pot à eau ébréché et lissa soigneusement ses cheveux blancs avant de les partager par une raie impeccable. Sa toilette était terminée.

— Allons-y ! dit-il.

Krühl et lui descendirent dans la salle à manger où madame Plœdac apprêtait trois bols et des tartines taillées dans la plus grande largeur de la miche.

Pointe et le Hollandais s'assirent à leur place habituelle et l'étranger pénétra dans la pièce.

Il salua, posa son chapeau sur une chaise et esquissa un sourire dans la direction des deux camarades.

— Messieurs, dit-il en s'inclinant.

Krühl baissa la tête. Pointe porta la main à son chapeau de feutre.

Vu de face et dans tous ses détails, le nouvel hôte de la maison Plœdac n'offrait rien d'hallucinant.

C'était un homme de vingt-huit à trente ans, très jeune d'allure, au visage entièrement rasé. Sa tête un peu longue ne laissait deviner aucun des vices dont Krühl et Pointe l'avaient librement gratifié. Non, l'inconnu se présentait plutôt sympathiquement. Sa figure fine s'éclairait d'un bon sourire jovial. Ses yeux noirs, incroyablement ronds, brillaient comme des yeux de jeune canard en goguette.

Dans l'ensemble il paraissait chétif, un jeune gigolo chétif. Son élégance un peu négligée devait séduire certaines dames.

A côté de lui, Krühl s'érigeait comme un temple et Pointe se laissait contempler ainsi que les ruines d'un édifice d'une qualité de construction introuvable de nos jours.

En attendant qu'Adrienne eût fini d'échauder les quelques grains d'une poussière, qui, depuis la fondation de l'établissement, servait de thé, le jeune homme, les mains dans les poches de son gilet, contempla avec un ravissement plein d'indifférence les « graffiti » qui glorifiaient la cloison de la salle à manger.

Il désigna le soldat d'infanterie du bout de sa cigarette.

— Il y a de la patte, là-dedans.

Krühl et Pointe levèrent la tête, mais ne répondirent pas.

Adrienne apporta le thé que l'étranger avala par petites gorgées.

Krühl lisait son journal. Pointe se curait les ongles avec la petite lame de son couteau de poche.

L'étranger regarda encore le panneau, la table, les chaises et le visage dévoué de la fillette servante.

— Ma malle, dit-il, arrivera vers dix heures avec la voiture du boucher. Si je ne suis pas là, vous trouverez bien quelqu'un pour vous donner un coup de main et la monter dans ma chambre ?

— Oh ! dame oui, Monsieur, répondit Adrienne.

— A quelle heure mange-t-on ?

— A midi, Monsieur.

— C'est normal, fit l'inconnu. Il n'y a rien à dire. Je vais aller faire un petit tour au bord de la mer. Excellent la mer, beaucoup d'iode.

Il reprit son chapeau, s'inclina devant Krühl, devant Pointe et sortit.

— Comment s'appelle ce Jésus de chaise longue ? demanda Krühl.

— Ah ! attendez... Sam... Sam... mais madame Plœdac va vous le dire ... M'dame Plœdac, comment s'appelle le nouveau monsieur ?

Madame Plœdac prit un grand registre qu'elle ouvrit. Elle regarda avec attention une page couverte d'une grande écriture malhabile et finalement s'approcha de Pointe. « Tenez, lisez vous-même, je ne vois plus bien. »

Krühl et Pointe penchèrent la tête sur le registre. « Il s'appelle Samuel Eliasar », dirent-ils en même temps.

— Samuel Eliasar ! répéta Pointe.

Et tout aussitôt il plissa son front dans un effort. Il en était ainsi chaque fois qu'il rencontrait une personne nouvelle sur sa route. Quand il eut acquis la certitude qu'il ne devait pas un sou à ce Samuel Eliasar, il respira plus librement et reprit sa désinvolture coutumière.

Pendant quatre ou cinq jours les trois hommes cérémonieux et distraits déjeunèrent et soupèrent en tête à tête. Puis Désiré Pointe, qui n'éprouvait aucune sympathie pour Samuel Eliasar, s'en alla faire une neuvaine à Pont-Aven, selon son habitude, car il savait y rencontrer Wilson, le peintre américain dont il avait apprécié à maintes reprises les largesses gastronomiques.

Désiré Pointe était de la gueule comme un mâtin, et pour un bon dîner on l'aurait fait marcher, pieds nus, en chemise et la corde au cou, jusqu'à Sainte-Anne-d'Auray.

Pour l'ordinaire, Krühl ne se souciait guère des fugues de son camarade, mais pour cette fois, la perspective de demeurer seul avec le jeune Eliasar le plongea dans une crise de misanthropie larmoyante.

Il confia son dégoût des choses et des hommes à son chat Rackam, dont l'indifférence acheva de l'écœurer.

En outre, madame Plœdac manifestait à son gré trop de sympathie pour le nouvel arrivant.

— C'est toujours comme ça, se plaignait-il chez Marie-Anne. Tout nouveau, tout beau. La mère Plœdac en rabattra.

« Enfin, Marie-Anne, voilà une maison où je dépense plus que dix clients ordinaires, on n'a pas plus de considération pour moi que pour ce godelureau. Comment trouvez-vous ça ?

— C'est qu'il est gentil, ripostait la jolie fille.

— Bouh ! bouh ! peuh ! Il est gentil. Vous ne savez dire autre chose. C'est bien les femmes. Voilà un bougre qui est fichu comme l'as de pique. Il est à peu près aussi gras qu'une bicyclette sans ses pneus. Mais ça ne fait rien, tel qu'il est, avec sa tête de sansonnet vicieux, Adonis n'est qu'un panaris réincarné à côté de cet avorton.

— Vous dites ça parce que vous êtes jaloux.

— Jaloux. Et de qui et de quoi ?

Marie-Anne, n'ayant rien à répondre, demanda :

— Qu'est-ce que vous prenez ?

— La porte, répondit Krühl de mauvaise humeur ; puis se ravisant :

— Donne-moi du porto.

Marie-Anne le servit.

— Est-ce qu'il vient souvent ici ?

— Ma foi non. Quelquefois le matin en allant chercher ses lettres au bourg.

— Quel est son métier, s'il en a un ?

— Je crois qu'il m'a dit comme ça qu'il était médecin, mais qu'il écrivait des livres. Il m'a dit qu'il était venu ici pour écrire un livre, et qu'il parlerait de moi dans son roman.

— C'est son affaire, dit Krühl, mais si j'ai un conseil à lui donner, c'est de ne pas se livrer à cette sorte de plaisanterie avec moi. Dame non ! Je m'appelle Krühl, bon Dieu ! et des gars comme ça, je les casse !

Il fit le geste de rompre un ennemi imaginaire sur ses genoux.

— Vous devriez aller faire la guerre, dit Marie-Anne.

Krühl se tut.

Le lendemain, le surlendemain, jusqu'à la fin de la semaine, on le vit, dans tous les estaminets de la région, promener son désœuvrement et son humeur agressive.

Il ne prenait plus ses repas à l'hôtel Plœdac, mais préférait casser la croûte au hasard ; tantôt avec Bébé-Salé, tantôt dans la barque du fils Palourde, le boiteux, tantôt avec Boutron, son confident.

Quand il ne jouait pas aux cartes, il fulminait contre Mossieu Eliasar. Ce Mossieu, ce petit Mossieu, répétait-il avec emphase.

Les Bretons le laissaient dire, sans pour cela partager son animosité. Ils pensaient que peut-être, on avait vu des miracles plus étonnants, la venue du « Parisien » ramènerait la sardine dans leurs eaux.

Depuis quelques années, l'unique préoccupation des hommes de la Côte tendait à rechercher la sardine tout en ratiocinant sur sa disparition. Avec le fétichisme tranquille du pays, ils espéraient que tout événement qui viendrait troubler le cours normal de leur existence contemplative encourageait peut-être la sardine à faire sa réapparition. La déclaration de guerre n'avait pas influencé ce poisson. L'arrivée d'Eliasar pouvait agir avec plus d'efficacité.

D'un autre côté, Joseph Krühl payait à boire. Dans ces conditions la vie gardait encore quelque apparence d'intérêt. Et l'on buvait en compagnie de

Krühl, quelquefois très tard dans la nuit. Et l'on dansait dans les salles d'auberges enfumées, sur l'air de « O! n'eo ket brao paotred » pour reprendre, dégrisé par le froid, chacun sa route, dans la nuit sonore, où les pas résonnaient comme sur les dalles d'une église.

IV

LA LANDE
ET MARIE DU FAOUËT

Sam Eliasar, ou le solitaire malgré lui, errait de son
côté à l'aventure, entrant chez Marie-Anne alors que
Krühl en sortait et se faisant ouvrir des huîtres chez
Boutron au moment même où M. Krühl venait de
s'en aller.

Il portait lui aussi le chandail à col roulé. Son
éternelle cigarette aux lèvres, il s'adaptait à merveille,
l'air las et désabusé qui était en quelque sorte l'impôt
que la lande mélancolique exigeait de ses admira-
teurs civilisés.

— Il est très gentil, ce M. Krühl, disait-il à Marie-
Anne méfiante.

— Il ne connaît pas sa fortune, répondait-elle.

— Et il habite toujours ici ?

— D'un bout de l'année à l'autre.

— Ah ! bien, permettez-moi de vous dire que si
j'avais la fortune de M. Krühl, je n'habiterais pas ici
toute l'année. L'été je ne dis pas, mais l'hiver c'est
triste.

— C'est beau, Paris ? demanda Marie-Anne.

— Arch ! laissez-moi tranquille avec Paris, gri-
maça Samuel Eliasar. Tenez, Madame, Paris...
Paris... (Il mit dans le creux de sa main un peu de

cendre de cigarette et souffla dessus.) Voilà le cas que je fais de Paris.

— Menteur ! dit Marie-Anne.

Samuel Eliasar haussa les épaules, puis il ajouta :

— C'est tout de même un drôle de type que ce Krühl. Hollandais, je crois, c'est ce qui explique sa présence ici. Moi je suis réformé — il montra son cœur, — mais j'ai tout de même tiré un an dans les tranchées de l'Artois. Enfin, pour en revenir à Krühl, que fait-il pour se distraire ? Est-ce un peintre comme M. Pointe ? On m'a dit qu'il possédait des livres rares de voyages. Ecrit-il ? Vous savez, je ne me lie pas facilement, lui non plus, à ce qu'il paraît. Alors on ne se parle pas beaucoup. Lui de son côté, moi du mien. Cela vaut mieux. Je suis venu sur la Côte pour être tranquille et travailler à un roman. A Paris, il faut être plus courageux que je ne le suis pour produire quelque chose qui vaille la peine d'être imprimé. C'est par le plus grand des hasards que je suis venu ici. J'avais un ami qui était de Quimperlé — il est mort à la guerre, — il me parlait souvent de son pays. Un beau jour j'ai pensé à lui, j'ai pensé à son pays, et je suis venu avec ma malle.

En sortant de chez Marie-Anne, Samuel Eliasar se dirigea, par un chemin creux bordé de petits murs en pierres plates posées les unes sur les autres sans ciment, vers la mer que l'on apercevait à l'horizon selon les accidents de la lande.

Eliasar marchait vite et sans prêter attention au paysage, il réfléchissait, absorbé dans des « combinaisons » qui mettaient un pli soucieux à son front. Eliasar se mordait les lèvres et faisait claquer ses doigts l'un contre l'autre et il marchait de plus en plus vite, sans but, dans un impérieux besoin de mouvement, ainsi qu'il est fréquent chez certains hommes d'action spontanée.

« Où suis-je venu me fourrer ? pensait-il. Je possède cinq cents francs pour toute fortune. En ouvrant l'œil et dans ce pays cette somme me permettra de tenir deux mois. Et après. Après, c'est la Mouise avec son cortège dénué d'agréments. Je suis brûlé à Rouen, brûlé à Paris. Si je pouvais tomber cette excellente poire de Krühl, j'arriverais bien à lui soutirer quelques billets. Avec quelques billets, la situation se transforme. Je rentre à Paris, je paie des petites dettes et j'ai le temps de voir venir la belle occasion. Le Krühl en question m'a l'air d'une brute, avec beaucoup de fatuité dans la connaissance de son " moi ". Il y a aussi cet ivrogne amorphe de Pointe qui a dû exagérer les " tapages ". Dès qu'il s'apercevra que je chasse sur son terrain, ce ballot me débinera partout et, comme il y a plus de dix ans qu'il promène sa mistoufle de galet en galet, tout le monde ici me laissera tomber et l'on dressera toute une génération de clebs à me boulotter les mollets. »

Il sursauta. Brusquement devant lui une femme se dressait, barrant l'étroit sentier et tendant une main affreuse de saleté dans sa direction.

Elle était sans âge, avec une figure grasse, les yeux clos et la bouche molle. Sous sa coiffe blanche, quelques mèches grises, aussi souples que des radicelles de salsifis, s'échappaient, sans aucune prétention au dévergondage. Son jupon, jadis bleu foncé, avait pris, à la suite de très longs contacts avec l'eau de mer, le ton du vert Véronèse, et le velours des manches de son corsage, primitivement noir, offrait l'apparence et la consistance du cuir de Russie fatigué.

Elle chantonna : « Min-bon-Mos-sieu, donnais un-sou, hou ! » du ton que les gladiateurs devaient adopter pour envoyer leur fameux : *Ave Cesar morituri te salutant.* Le « hou » de la fin, expulsé en petite voix de tête, apportait seul une note d'originalité dont l'effet ne manquait jamais d'être désagréable.

— Min-bon-Mos-sieu, don-nais un sou... hou !

Un peu déconcerté, Samuel Eliasar fouilla dans la poche de son pantalon et ne trouva rien.

— Je n'ai pas de monnaie, ma brave femme ! dit-il, ça sera pour un autre jour.

Il tourna le dos à la vieille et reprit sa marche, sur le sol élastique et moelleux couvert de mousses et de lichens qui feutraient ses pas.

— Quelle sale gueule ! se dit Samuel Eliasar, qui n'était pourtant pas très impressionnable, mais qui ne put maîtriser un frisson.

Il reprit le cours de ses pensées tout en mordillant sa cigarette. Il n'aimait pas remuer son passé, car il possédait un esprit critique assez indépendant pour le juger peu honorable. Toujours des combinaisons, et quelles combinaisons ! d'où il sortait sans gloire et parfois sans argent. De vilaines figures d'aventuriers de basse classe et de coquines bêtement vénales surgissaient, çà et là, dans le passé morne et parfois mystérieux d'Eliasar. L'avenir se dressait devant lui comme un mur si haut, si haut qu'il n'en distinguait pas le faîte. « Je vais sûrement me casser la gueule, pensa-t-il presque tout haut... il faut que je me cramponne à Krühl ! » Il passa en revue et dans l'ordre les procédés infaillibles et classiques dont l'usage s'impose aux gens de sa catégorie. Mais, chose étrange, son esprit manquait de discipline... dans sa mémoire surgissait la silhouette ballonnée de la mendiante avec ses jambes d'une maigreur grotesque... A ses oreilles bourdonnait cette phrase dont il appréciait, malgré lui, la lancinante stupidité : « Min-bon-Mos-sieu, donnais un-sou... hou ! » Il exécuta avec un parfait souci d'imitation le « hou » final, puis satisfait, sans trop savoir pourquoi, il se retourna tout à coup.

La mendiante, les yeux clos, la bouche molle et la face tremblotante, était encore devant lui, tendant la main.

— Min-bon-Mos-sieu, don-nais un sou... hou !

Samuel Eliasar recula, esquissa une grimace.

— Voulez-vous foutre le camp tout de suite, bon sang de bon sang. Je vais vous faire boucler par les cognes, vieille toupie !

Sous le flot de la colère, et un peu déconcerté par cette angoisse que l'on éprouve en sortant d'un cauchemar, il s'exprimait avec une vulgarité si naturelle qu'elle révélait instantanément le plan social de l'individu.

La vieille recula à son tour de quelques pas, se mit à chercher çà et là dans la lande. Elle poussait les cailloux de son sabot et fouillait des touffes d'ajoncs avec ses doigts.

Samuel Eliasar l'observa sans dire un mot. Il reprit sa route dans la direction de Belon, sa promenade favorite.

Deux ou trois fois, il se retourna. La vieille n'avait pas changé de place. Agenouillée sur le sol, elle grattait la terre comme un chien devant une taupinière.

— Vieille folle ! bougonna Samuel Eliasar. Ne pourrait-on pas balancer dans la flotte tous ces mendigots qui encombrent les routes ?

Il hâta encore le pas. Mais il marchait un peu voûté, les épaules serrées par un commencement d'inquiétude vague dont il ne voulait pas rendre la mendiante responsable. Le paysage se prêtait aux circonstances. Bien qu'il fît grand jour, la lande bosselée et déserte, sans horizon lointain, où la route tortueuse s'enfonçait avec des coudes brusques et trop fréquents, distillait, comme une fleur vénéneuse distille un poison hypocrite, le malaise spécial des grandes solitudes.

L'imagination positive d'Eliasar s'arrêtait net devant la légende. Il subissait la magie d'un paysage dont les proportions tendaient à cet effet et l'apparition de la mendiante le gênait, parce qu'il avait eu devant lui un déchet d'humanité dont le pittoresque s'accordait étroitement avec le caractère d'un pays qui semblait le soumettre à sa fantaisie.

Autour de lui, les mamelons couverts d'ajoncs semblaient se chevaucher comme des vagues quand le flot monte. Imperceptiblement il sentait que tous les détails de la lande se déplaçaient dans sa direction et que les lignes principales du paysage l'enveloppaient de plus en plus étroitement.

Son cœur battit plus fort, et comme il étouffait, il ouvrit le col de son chandail.

— Il me semble que je suis perdu ! dit-il tout haut.

Il entendit sa voix et s'arrêta pour chercher quelque point afin de repérer sa route.

Il monta sur une petite colline, espérant dominer la lande et apercevoir la grande ligne droite de l'horizon marin. Au-delà de cette colline il découvrit une autre petite colline. Samuel Eliasar revint sur ses pas, mais ne retrouva pas son point de départ.

— C'est parfaitement idiot ! murmura-t-il.

Puis il tendit l'oreille aux bruits possibles. Un silence absolu tombait du ciel. Samuel Eliasar entendait battre son cœur à coups irréguliers. Encore une fois, sans motifs raisonnables, il se retourna brusquement. La mendiante tendait la main. Sa bouche en chair de méduse psalmodia :

« Min-bon-Mos-sieu, don-nais un sou... hou ! »

Eliasar fut immobilisé pendant une minute. Il éprouva au sommet du crâne une étrange impression de chatouillements. La sueur glacée lui trempa les tempes, ses jambes se dérobèrent. Cette défaillance fut de courte durée. Sans ouvrir la bouche, et les yeux toujours tournés vers la femme, il ramassa une pierre : « Allez-vous-en, cria-t-il, d'une voix sourde... Allez... barrez, barrez vite ! »

Il avança vers la mendiante, puis s'arrêta, car il ne voulait pas la toucher avec ses mains. Alors, il lança un gros caillou avec une maladresse voulue ; le caillou roula sur le sol et vint s'arrêter contre le sabot de la vieille.

— Min-bon-mos-sieu, chanta la misérable. Et sans transition, elle éclata de rire : « you-you... hou ! » chantait-elle, en esquissant un geste dont la signification précise glaça Eliasar.

D'un bond, Samuel enjamba une touffe d'ajoncs et tenant son veston avec la main droite, il courut droit devant lui, talonné par la peur, qui multipliait ses effets en raison même de la vitesse de la fuite.

Eliasar traversa des ajoncs, enjamba des chemins creux, franchit des barrières sournoises, se tordit les pieds sur des roches mal équilibrées. Toute la nature semblait complice de l'horrible déchet vivant, qu'il sentait étrangement ingambe sur ses talons.

Les coudes au corps, il courait avec la peur derrière lui, devant lui, à ses côtés. Pour rythmer sa course, il répétait inlassablement : « Don-nais un sou, don-nais-un sou ! »

Sa raison, chose curieuse, gardait une apparence

de sang-froid dans le vertige qui l'entraînait. C'est ainsi qu'Eliasar envisageait avec précision la possibilité de rencontrer quelqu'un venant de Belon. Alors il s'arrêterait de courir et donnerait au passant une explication quelconque sur son attitude. « J'ai vu un lièvre traverser la lande, je lui ai jeté mon bâton dans les pattes », devait-il dire. Et il courait toujours au rythme lancinant des « donnais-un-sou ». Maintenant il traversait un maigre boqueteau, dont les ronces agressives protestèrent contre l'invasion d'un corps humain lancé à toute allure.

Essoufflé, la main gauche crispée à son flanc qu'une douleur aiguë pénétrait, il glissa sur les talons, sentit confusément des pierres se détacher sous ses pieds ; des lianes s'accrochèrent à ses vêtements, il put en attraper une à pleine main. Eliasar eut nettement la perception que le vide s'étalait sous lui et qu'il n'était plus retenu que par cette liane. Il comprit parfaitement que la brûlure qu'il ressentait à la main provenait du glissement rapide de sa main le long de la liane. Cette demi-seconde sembla s'éterniser et Eliasar essaya de nouer son poignet quand il eut la conscience absolue que sa main atteignait l'extrémité du fil. La liane craqua d'un coup sec. Le jeune homme, suffoqué par le vide, dégringola comme un mannequin.

Sur le quai de Belon, en compagnie de Bébé-Salé et de Boutron, qu'une période d'abstinence rendait à peu près gâteux, M. Joseph Krühl, la casquette en arrière et le col de son maillot vert tiré jusqu'aux oreilles, car le froid pinçait un peu, discutait sur son canot que la marée montante ballottait au bout de son amarre.

— Je lui mettrai, expliquait-il entre deux bouffées de pipe, une moto-godille pour cet été, ce qui ne m'empêchera pas de me servir de la voile quand j'aurai le vent pour moi.

— Pour une chaloupe comme celle-ci, dit Boutron, y a pas assez de toile. Je vous l'ai toujours dit. A votre place, j'ajouterais une flèche et un tapecul, dame oui.

Bébé-Salé approuva de la tête, et M. Krühl, qui réfléchissait sur cette combinaison, louchait sur le fourneau de sa pipe. Un vol de mouettes lui fit lever la tête et regarder à sa droite dans la direction d'une falaise qui dominait à pic le petit port où la mer montante recouvrait profondément une plage de vase entièrement découverte à marée basse.

Machinalement il fixait les broussailles qui couronnaient cette falaise quand son attention fut attirée par un spectacle qu'il indiqua du doigt à ses deux compagnons.

— Voilà un gars, dit Boutron avec calme, qui m'a l'air d'avoir des dispositions pour les équilibres. On me dirait qu'il gagne sa vie avec des acrobaties comme celles-là que je n'en serais pas surpris.

— Je crois que le gars en question est tout simplement en train de se casser la gueule, opina Krühl.

— Oh, s'il se détache, déclara Boutron, comme la mer est haute il en sera quitte pour un plongeon de vingt mètres et un bain froid.

— Le v'là qui plonge, annonça Bébé-Salé que la rareté du spectacle obligeait à quelques frais d'élocution.

En effet, l'acrobate en question, après une série

d'exercices plus ou moins gracieux, venait de se « décrocher » et dégringolait dans le vide selon la loi classique de la chute des corps lourds.

Il pénétra dans l'eau sans dignité, c'est-à-dire sur le dos, au risque de se rompre la colonne vertébrale.

Les trois hommes coururent sur le quai et se rapprochèrent de l'endroit où l'homme venait d'entrer en relation avec l'élément liquide.

— Il n'est pas mort, hurla Krühl, haletant.

En effet, la tête du misérable, dont on ne voyait que les yeux agrandis par l'épouvante venait de sortir de l'eau, pour y rentrer aussitôt.

— Il ne sait pas nager ! beugla Boutron en levant les bras au ciel.

Krühl, d'un geste rapide, s'était débarrassé de son veston. Sans hésiter il se jeta à l'eau. On le vit tirer sa coupe et nager sur le côté en soufflant comme un phoque.

Krühl nageait remarquablement, détail dont l'acrobate devait se féliciter en la circonstance. Il eut vite rejoint l'épave humaine qu'il ramena sans ménagement au pied de l'escalier qui aboutissait au quai.

— Aidez-moi, souffla-t-il.

Boutron et Bébé-Salé s'emparèrent de la victime évanouie et commencèrent les tractions rythmiques de la langue selon les traditions. Krühl, ruisselant d'eau, courut se changer devant le feu dans le cabaret de Boutron.

Il finissait de revêtir un complet de matelot qui appartenait au patron de la maison, quand ce dernier arriva avec Bébé-Salé qui soutenait un individu, infiniment détérioré, mais vivant. Des enfants escortaient le groupe. Au seuil de chaque porte, des femmes apparaissaient, s'interrogeant d'une maison à l'autre.

64

— Tu vas boire un bon verre de tafia, Monsieur, dit Boutron, et puis tu pourras dire merci à M. Krühl que voici.

Krühl s'avança et regarda la triste loque humaine que Bébé-Salé démaillotait comme on démaillote un enfant.

— Ah, par exemple, monsieur Eliasar, c'est vous, s'exclama Krühl qui reconnaissait le pensionnaire de madame Plœdac! Ah, nom d'un chien, ah, par exemple, en voilà une idée!

Eliasar était trop faible pour répondre qu'il n'était pas absolument satisfait de cette idée, et que s'il eût été le maître absolu de son destin, il se serait volontiers passé de la mettre à exécution.

— Faut te réveiller, monsieur Eliasar, faut te réveiller, disait Boutron en approchant des lèvres de l'infortuné un plein gobelet de tafia.

Eliasar plongea ses lèvres déteintes dans le breuvage. Il se ranima, aidé dans sa résurrection par Bébé-Salé qui, muni d'une serviette en toile aussi souple que de la tôle de blindage, lui frottait le corps avec résolution.

Sous la double intervention du rhum et de la serviette, Eliasar recouvra l'usage de la parole.

— Monsieur Krühl, balbutia-t-il, je ne sais, je ne sais comment vous remercier, vous m'avez sauvé la...

— Mettons la vie et n'en parlons plus, répondit Krühl en lui serrant la main.

— Encore un coup de tafia?

Eliasar fit signe qu'il avait assez bu.

— Voilà ce que vous allez faire, mon vieux, dit Krühl, subitement plein d'attentions charmantes. Vous êtes trop faible pour revenir ce soir à l'hôtel. Vous allez passer la nuit ici, chez Boutron. Je viendrai demain matin prendre de vos nouvelles. Vos vêtements seront secs et repassés. Je vous apporterai du linge. Ne vous faites pas de bile, plus de peur que de mal. Mais, bouh ! bouh !... peuh ! c'est entre nous, n'est-ce pas, vous avez de la chance dans vos cartes. Vous avez choisi l'heure où il n'y a jamais personne sur le quai pour apprendre à nager. J'ai eu une bonne idée en allant voir mon canot avec Boutron et Bébé-Salé. Sans ce détail, on vous aurait retrouvé demain, enduit de vase et la figure abîmée par les crabes, ce qui est indécent. Mais que diable, pouviez-vous faire, en haut de la falaise ?

V

UNE LUEUR

— Remettez-vous, mon vieux, ce n'est qu'un peu de dépression nerveuse. C'est égal, j'ai eu raison d'aller visiter l'*Olonnais*. C'est une simple question de moto-godille qui vous a sauvé la vie. Quant à cette histoire de mendiante, je sais ce que vous voulez dire. Vous avez rencontré Marie du Faouët. C'est une célébrité locale contre laquelle nous autres, gens de la ville, sommes impuissants. Ah, s'il ne tenait qu'à moi, vous pouvez être certain que cette répugnante drôlesse serait enfermée quelque part, elle, ses jeux de physionomie et ses parasites. Mais toucher à Marie du Faouët, ça serait ameuter le pays contre nous. Les légendes poussent ici comme des pommes de terre. Vous en connaissez probablement. Elles témoignent d'un respect craintif pour les morts, les sorciers et les sorcières. Marie du Faouët est une sorcière. Au XVe siècle, on eût débarrassé le pays en la brûlant, ce qui aurait diablement soulagé toute la contrée. Les gens la protègent parce qu'ils la craignent. Il faudrait que l'autorité ecclésiastique s'en mêlât pour calmer les craintes. Mais l'autorité ecclésiastique ne s'en mêle pas, et moi, simple laïque, je ne tiens pas du tout à porter sur mon dos la somme de tous les méfaits que la foudre, la mer, la grêle et l'alcool prodiguent à droite et à gauche dans le courant de chaque année. Marie du Faouët, pour l'instant, accepte la responsabilité de ces désastres. Comme elle est sale et répugnante, on l'honore, et c'est ainsi qu'elle peut se promener dans la lande où son apparition n'a rien de plaisant. Je l'ai rencontrée une fois ou deux. J'étais avec Pointe qui l'a engueulée en breton. Je ne conserve pas de cette aventure un souvenir bien agréable. Vous avez pu vous en débarrasser ?

— Oh oui, dit Eliasar qui mentait. Seulement je me suis perdu et c'est en cherchant ma route que j'ai glissé dans les ronces qui dominent la mer.

Huit jours après cet événement, Eliasar tout à fait rétabli de son bain et de ses émotions était devenu l'inséparable de Krühl.

On ne voyait jamais l'un sans l'autre. Une amitié si touchante ne fut pas sans suffoquer Désiré Pointe quand il revint de Pont-Aven, le chapeau sur l'oreille, la pipe à la bouche, et faisant des moulinets avec son pen-bas.

Toutefois il eut le bon goût de ne rien laisser paraître et tout au contraire il se permit d'envisager Eliasar comme un mécène futur, ou tout au moins, un amateur distingué capable de lui commander, le cas échéant, deux ou trois toiles et quelques croquis.

— Ah, j'ai vu un coin merveilleux, en revenant de Riec... Une couleur, une délicatesse dans les gris... Si le temps se maintient, demain je prendrai ma boîte et j'irai brosser une pochade rapidement. C'est merveilleux.

— Ce pays est admirable, déclara Eliasar qui depuis l'aventure de la lande nourrissait une fureur folle contre soi-même, son excessive nervosité, la

Marie du Faouët, et son sauveur Krühl dont la seule vue l'exaspérait.

Et naturellement, le brave Krühl ne manquait jamais une occasion de raconter la noyade et particulièrement le plongeon d'Eliasar.

Le malheureux, ivre de rage muette, devait sourire et rouler des yeux pleins de reconnaissance dans la direction du narrateur.

Or, la reconnaissance n'était pas la vertu la plus marquante du caractère de Samuel Eliasar. A la rigueur il se sentait capable de remercier Krühl quotidiennement, mais il suait de colère à la pensée qu'il lui fallait entendre une fois par jour les boniments ridicules de Bébé-Salé qui, pour une fois, ouvrait la bouche, sur « l'acrobate », le plongeon, etc.

Tout le monde connaissait l'histoire. Eliasar aussi. Aussi quand il entendait Boutron raconter l'événement, toujours dans les mêmes termes, il fermait les yeux pour échapper à la tentation de l'étrangler comme un canari.

— Ah, que j'dis à monsieur Krühl, pérorait Boutron, v'là un particulier qu'est certainement acrobate de son métier, sûr qu'il doit gagner de l'argent avec ses exercices pour faire rire le monde...

Et tout le monde, madame Plœdac, Adrienne, le douanier, la petite Marie-Anne, le fils Palourde et la vieille Adélaïde ne manquaient jamais de flatter le conteur en exagérant chaque fois des éclats de rire qui ratatinaient les doigts de pied d'Eliasar dans ses larges souliers de chasse.

D'autant plus que Bébé-Salé excellait à mimer la scène en s'accrochant le pied à un bouton de porte et en poussant des cris de souris, qui rendaient les femmes présentes malades de plaisir.

Samuel Eliasar donna à cette époque la mesure de sa volonté en opposant un visage saturé de reconnaissance à tous ces propos.

« Va toujours, mon cochon, pensait-il, quand Krühl, débordant d'amitié, évoquait dans un langage coloré la noyade de Belon. Va toujours, tu paieras les frais de la comédie. »

Dès le jour où sa haine fut nettement définie, elle servit de base à Eliasar pour les opérations futures qu'il se promettait de conduire sans faiblesse.

Eliasar n'était pas lâche, et savait accepter la lutte dans n'importe quelle condition. L'aventure de la lande n'était qu'une fâcheuse erreur de ses nerfs, devant un peu de mystère. Mais il était sûr de soi-même et gardait intacte sa confiance dans son énergie qui savait s'adapter immédiatement aux réalités les plus tragiques.

« On ne tue pas pour rien, pensait-il. Pourquoi aurais-je tué cette femme ? »

C'était l'effort disproportionné avec la nullité du but qui l'avait désarmé dans cette histoire. Naturellement, Eliasar se gardait bien de faire part de ses réflexions à Krühl. Il préférait passer pour « une petite fille nerveuse », dans l'esprit des robustes compagnons de la Côte qui prenaient franchement en amitié la faiblesse spécieuse de ce greluchon mont-martrois.

Une quinzaine de jours depuis son arrivée à Moëlan ne s'était pas écoulée que Samuel Eliasar avait déjà évalué l'honnête Krühl comme on évalue un terrain de rapport.

« On n'obtient rien d'un individu en cherchant à exploiter ses vertus, disait Eliasar, tout au plus une pièce de cinquante centimes après un excellent dîner et dans des conditions climatériques favorables. Il faut, si l'on veut obtenir des résultats financiers en rapport avec la valeur du sujet, s'adresser à ses vices, ou à son vice. C'est un procédé qui amène la réussite, car, par exemple, un homme qui aime l'absinthe n'hésitera jamais à payer ce qu'on lui demandera pour satisfaire son goût. »

Partant de ce principe, soit au cabaret, soit en mer dans la barque au fils Palourde, Eliasar avait examiné le grand Krühl avec une patience d'entomologiste.

Eliasar n'était pas sans culture, et il se félicita, en l'occurrence, d'avoir végété dans un lycée jusqu'à l'âge de dix-huit ans, car la proie à chasser ne demandait qu'à se laisser intoxiquer par un poison littéraire bien choisi.

Tout d'abord Samuel demanda à Krühl de bien vouloir lui prêter quelques livres. La lecture de ces ouvrages et les conversations qui en suivirent ne tardèrent pas à mettre le jeune bandit sur la bonne piste.

Un matin il se réveilla avec un visage d'ange. « Je crois que je tiens " Bouh-Bouh-Peuh ". » C'est ainsi qu'il avait surnommé Krühl, dans ses pensées les plus intimes.

La veille au soir, avec Pointe, qui avait réussi à lui emprunter un louis, transformé tout aussitôt en tournées générales, Eliasar avait écouté attentivement Krühl qui, en veine de confidences devant un auditeur nouveau, à son avis lettré et sensible, parlait abondamment de son sujet favori.

— Tenez, mon vieux. C'est la vraie vie. Il y a des moments où je me demande si je ne suis pas un pirate réincarné dans la peau d'un oisif galetteux.

« J'ai vu avec une telle précision un partage de prise à bord de la *Perle,* quand je naviguais avec

Edward England, que je me demande si mon rêve n'a pas été autrefois une réalité.

« Ça devait être au large de Madagascar. Je le présume, d'ailleurs, sans aucune raison.

« Mais les détails de ce rêve, rêvé les yeux grands ouverts, en plein midi, avec mon chat Rackam sur les genoux, sont gravés ici en traits mordus par l'eau-forte.

« Le tillac de la *Perle* était encombré d'objets hétéroclites. Une impression de foire à la ferraille ou de marché aux puces.

« Tout le monde parlait, discutait. Un mulâtre s'expliquait avec volubilité, découvrant ses dents très blanches, montrant ses doigts réunis en faisceau dans un geste assez délicat qui devait préciser ses pensées. Des hommes coiffés du bonnet noir et qui portaient des barbes de huit jours s'allongeaient de grandes tapes entre les deux épaules.

« Le parfum enivrant venu de l'île nous prenait aux narines et à la gorge. La brise sentait le poivre et les roses. Sur le navire, une perverse odeur de poudre permanait autour des prélarts qui recouvraient les canons noircis. England rayonnant, appuyé contre le grand mât dont la voile basse fléchissait et se dégonflait sous la faible brise, emplissait avec son pouce le minuscule fourneau d'une pipe en terre blanche, dont le long tuyau, un peu courbé, se terminait par un bout de couleur rouge.

« Je vis pour la première fois l'étrange et solennel pavillon noir ; et mon cœur s'arrêta, car mon émotion était extrême ! Vous ne pouvez imaginer quelle signification ce morceau d'étoffe funèbre donnait au navire glissant paisiblement dans le léger clapotis de l'eau contre l'étrave. »

La pipe de Krühl s'était éteinte et sur cette

évocation, chacun avait été se coucher. Longtemps, Eliasar, dont la chambre n'était séparée de celle de Krühl que par une mince cloison en carreaux de plâtre, avait entendu son voisin ouvrir des tiroirs, tirer des malles et feuilleter des livres.

Eliasar ne s'était pas senti très ému par le récit de Krühl. Le pittoresque de cette vie d'aventures ne le séduisait pas. Son ignorance de la vie marine le protégeait contre tout enthousiasme intempestif.

Les draps tirés jusqu'au menton, sous la lueur paisible de sa lampe, il feuilletait lui-même un livre que Krühl lui avait prêté.

Il n'était toujours question que de révoltes en pleine mer, tempêtes, abordages, pendaisons, trésors.

Ce mot magique fit sourire le lecteur distrait. Eliasar ferma son livre et souffla sa lampe.

Les mains sous la nuque et les yeux fixés sur l'obscurité de sa chambre, il écoutait la mer et la chute des lames courant le long de la jetée.

Il pensait vaguement à tout son passé dont l'étrangeté ne jurait pas trop avec ses relations. Et soudain, comme une faible lumière infiniment lointaine, une idée, encore informe et fugitive, brilla dans le chaos obscur de sa rêverie.

— Ça serait rigolo, murmura-t-il.

Il se retourna, d'une pièce, dans son lit. Et, pour réfléchir avec plus de netteté, il ferma les yeux.

Maintenant la faible lueur l'illuminait intérieurement. L'idée se laissait définir. Méthodiquement, l'esprit pratique d'Eliasar mettait au point des détails, aplanissait des difficultés, corrigeait des invraisemblances, adaptait les éléments disparates de sa trouvaille au milieu où il la destinait.

Il s'endormit au petit jour et se réveilla, souriant, sûr de soi-même, avec la connaissance parfaite de ce qu'il devait faire. Il fut pour la journée d'une humeur charmante. Krühl, qui toute la nuit avait vécu avec les gentilshommes de fortune les plus prestigieux, montrait un visage chagrin et fatigué, les yeux ouverts sur un bol de café au lait et les mains distraites dans la fourrure de Rackam, allongé sur la table.

— J'ai bien envie d'aller passer cinq ou six jours à Lorient, dit Eliasar d'un air détaché. Venez-vous avec moi, Krühl, cette promenade vous changera les idées.

— Non, merci, mais j'ai la flemme de sortir. D'ailleurs, je connais Lorient comme ma poche, et je n'ai rien à faire dans cette ville. J'ai le cafard en ce moment.

— Justement, c'est un remède.

— N'insistez pas, mon vieux.

C'était tout justement ce qu'Eliasar désirait.

— Alors je partirai demain matin. On prend le train à Quimperlé, n'est-ce pas?

Krühl lui donna tous les renseignements. Madame Plœdac sortit l'indicateur des trains. On chercha des combinaisons. Pointe donna son avis. Eliasar écoutait avec patience.

Le lendemain, vers sept heures du matin, Samuel Eliasar, sans valise et les mains dans les poches, prenait un billet de troisième classe pour Paris.

Ce qu'il fit dans Paris restera probablement un mystère pour tout le monde.

Doué d'une activité prodigieuse, on le vit dans une petite rue de Montmartre, chez un vieux peintre, habile dans les contrefaçons des tableaux du XVIIIᵉ siècle. On le rencontra également chez une femme très maquillée, au visage piqué par la petite vérole, et qui tenait une inquiétante boutique d'antiquaire de l'autre côté de l'eau.

Eliasar déjeuna même plusieurs fois avec un de ses bons amis, un vieux camarade de lutte, disait-il, qui s'occupait de reliures d'art et de vente de tableaux.

— J'ai du papier ancien, lui dit Samuel. Un petit lot que j'ai trouvé. Voici du parchemin également ancien, ce n'est d'ailleurs pas rare. Pourrais-tu me relier le tout, dans la manière du XVIIIᵉ siècle. Quelque chose de remarquable comme travail. Ça doit passer dans les mains d'un tas de types qui ne sont pas des gourdes en cette matière.

— C'est très facile, dit le relieur, un petit homme bedonnant, vêtu d'une longue blouse blanche.

— Tu comprends, confia Eliasar. C'est une affaire, comment dirais-je, je lance une supercherie littéraire. Ça sera très rigolo... mais il faut que tout le monde marche... papier, reliure, encre, écriture, etc., tu me comprends.

— Ce n'est pas compliqué, déclara l'autre. Je te donnerai des tuyaux pour jaunir l'encre et pour les taches d'humidité sur les pages. Ça fait très bien les taches d'humidité. Et naturellement, c'est très pressé ?

— Ah, mon vieux, il me faut le tout dans trois jours. Ce n'est pas grand-chose : relier un petit cahier de papier blanc.

— C'est entendu... Et ça boulotte ?

— Hum, fit Eliasar avec une grimace, pas trop...
on se défend.

Trois jours plus tard, à l'heure dite, en dépit de
toutes les traditions des relieurs, l'ouvrage fut remis à
Eliasar. C'était un petit carnet d'une vingtaine de
pages, relié en parchemin jaune, maculé et gondolé à
souhait.

— Pour l'encre et les mouillures, dit le relieur, tu
suivras les instructions que j'ai écrites sur le papier,
ce n'est rien du tout. C'est surtout la rédaction de ton
texte que je te conseille de surveiller.

— T'en fais pas pour le chapeau de la gamine,
répondit Eliasar qui jubilait, j'ai tout ce qu'il faut
sous la main. Merci.

VI

LE LIVRE DE LA FORTUNE

— Vous savez, madame Plœdac, déclara Eliasar, je suis content d'être rentré. Les voyages ne me tentent pas, surtout dans ces conditions. Le train de Quimperlé a battu tous les records de la lenteur. J'ai donc raté ma correspondance. A part les filles de Lorient qui ont de bien jolis bonnets, la ville n'offre aucun intérêt. Il est vrai que j'y allais pour faire quelques emplettes. J'ai cherché partout un ciré, je n'en ai pas trouvé à ma taille. Mais les filles de Lorient, madame Plœdac, portent de bien jolis bonnets.

— Ça donne l'air effronté, répondit madame Plœdac.

On entendit dans l'escalier les pas de Krühl et de Pointe qui descendaient en se chamaillant.

— Mais non, mais non, disait Krühl, tu veux faire ceci, tu veux faire cela, en réalité tu n'as pas touché un pinceau depuis l'été de 1912, quand tu as vendu une toile à Winnie. Ce que je t'en dis... n'est-ce pas...

— Ah! voilà le voyageur, chanta Pointe en apercevant Samuel Eliasar. Bonjour, maman Plœdac, vous êtes contente, le voilà revenu, votre poulet de grain, votre oiseau des îles.

Eliasar bâilla. « Lorient ne me paraît pas une ville folâtre », opina-t-il.

— Je vous avais prévenu, dit Krühl. Vous auriez mieux fait de rester avec nous. Nous avons passé, Pointe et moi, deux jours en mer, dans la barque au fils Palourde. Beau temps, premier soleil, de la brise et grand largue. Nous avons pris une peau bleue et tiré des coups de fusil sur les marsouins. Palourde craignait les périscopes, sans cela on allait jusqu'aux Glénans.

— C'est un idiot, insinua Pointe d'une voix suave. Il n'y a pas de sous-marins par ici. Qu'est-ce qu'ils viendraient faire ? Relever des casiers à homards vides et torpiller des coquilles d'huîtres dans le parc à Boutron.

— Oh ! ne dites pas ça, monsieur Pointe, reprit madame Plœdac. Il y a six mois, vous vous rappelez, c'était bien un sous-marin qu'on a vu passer au large de l'île Verte. Les matelots du sémaphore l'ont bien reconnu.

— Bouh ! bouh ! peuh ! souffla M. Krühl en levant les épaules.

— Mes enfants, déclara Eliasar, je vais me plonger dans le travail jusqu'au menton. Je suis venu ici pour écrire, et je ne me coucherai pas désormais avant d'avoir empli cinq ou six pages de papier grand format.

— Vous travaillerez ce soir, après le souper ?

— Non, monsieur Pointe. N'essayez pas d'amollir un courage qui ne possède pas la fermeté du roc.

— Laisse-le donc travailler, dit Krühl. Tu es extraordinaire et ce petit a raison. Ça te fait mal au ventre de voir quelqu'un travailler à côté de toi.

— C'est par bonté, insinua Pointe.

— Quel veau !... répondit Krühl en regardant le plafond de la salle à manger.

Eliasar s'enferma dans sa chambre. Pendant une semaine on ne le vit qu'aux heures des repas et après le souper, pour faire la manille avec Krühl et Pointe.

— Vous savez, mon vieux, dit Krühl, que si vous continuez à jouer au solitaire genre romantique, la jeune Marie-Anne va se précipiter dans la mer ou se livrer à la boisson. Il imita la voix fluette de Marie-Anne : « Ah ! bien vrai, monsieur Krühl, vous n'êtes pas gentil de ne pas nous amener votre ami. Ah ! dame non. »

Eliasar se redressa, fit tomber du bout de l'annulaire la cendre de sa cigarette et déclara : « Les poules... » Il n'acheva pas sa phrase, et Pointe, qui malgré ses soixante-dix ans, allait aux filles comme un limaçon va aux fraises, se permit d'ajouter :

— Ah ! ah ! mon cher, vous avez tort... j'en connais... Il n'acheva pas non plus sa phrase.

— Vous êtes tous les deux des imbéciles, déclara Krühl conciliant. A toi de donner, Pointe.

— Et ce roman, ça marche ? demanda Krühl, tandis que Désiré battait les cartes.

— Ça vient, mon vieux, j'en suis content. Vous savez, je me suis servi de l'histoire de la lande et de Marie du Faouët.

— Oui, ça peut donner un résultat.

— J'ai fait un croquis de Marie du Faouët, je vous en ferai cadeau, dit Pointe.

Eliasar fit trois parties et, malgré les protestations de Krühl et du peintre qui le couvrirent d'imprécations, il monta dans sa chambre et s'enferma.

Il entendit Krühl crier en passant avec Pointe sous sa fenêtre : « Au revoir, Eliasar, on va chez Marie-Anne ! »

— Allez donc au diable ! si vous y tenez, grommela Samuel, puis il s'assit devant sa table, sortit une plume, de l'encre, deux ou trois flacons mystérieux et un pinceau.

Pendant plus de trois heures il s'absorba dans une hermétique besogne qui se termina sans doute à sa sincère satisfaction, car il ne put s'empêcher de sourire, tout en esquissant dans la plus stricte intimité quelques gestes saugrenus appartenant à une chorégraphie assez vulgaire.

— Maintenant, murmura Eliasar en contemplant son œuvre, sa bouteille d'encre et son pinceau, il ne nous reste plus qu'à faire disparaître les sources mêmes de notre petite supercherie littéraire.

Il réunit un volumineux paquet de papiers épars sur la table et, les ayant froissés en boules, les jeta dans la grille de la cheminée.

Il frotta une allumette et mit le feu.

La clarté des flammes illuminait la pièce ; les papiers se recroquevillaient ; des traces d'écriture semblaient défier la flamme. Samuel Eliasar, avec le bout de son pen-bas, dispersa les cendres.

— Bon sang ! ricana-t-il, si quelqu'un m'avait annoncé, il y a quinze jours, que dans trois mois j'irais visiter les îles aimables des Antilles...

De long en large, poursuivant sa pensée, Eliasar arpentait sa chambre.

— C'est la grosse galette, la grosse galette !

Il feuilleta un livre ouvert sur sa table et se remit à marcher. A la grande joie qu'il avait éprouvée en terminant sa tâche, succédait maintenant une sorte d'abattement.

L'esprit critique d'Eliasar agissait et lui montrait le mauvais côté de l'aventure, les risques et les difficultés.

— Si je réussis cette fois, je ne l'aurai pas volé, pensa-t-il, et je mérite de réussir, car, bon Dieu, j'ai eu assez de mouise comme cela. Il fouilla dans la poche de son pantalon, sortit une pièce de quarante sous : « Si c'est face, ça réussira. »

Il lança la pièce qui tourbillonna en l'air, roula sur le sol et s'en alla se loger sous le lit. Eliasar rampa et avec précaution la ramena en la glissant sur le plancher.

— C'est face ! c'est face !

Il remit la pièce dans sa poche sans éprouver aucune joie.

Devant ses yeux l'avenir se laissait entrevoir. Un avenir semblable à un bel arbre des tropiques dont les racines puisaient la sève dans un passé tragique.

Samuel Eliasar frappa du poing le livre ouvert sur sa table de travail. Pour une minute, il eut la révélation de l'ampleur de l'entreprise et des dangers qu'elle comportait.

— Oh ! Krühl, notre vie à tous deux est enclose dans ces quelques feuillets de papier.

Pendant une seconde il souhaita l'intervention d'un événement inattendu qui l'eût empêché de commencer l'exécution de ses projets.

Un matin, quinze jours après qu'Eliasar eut choisi son destin, Joseph Krühl décida d'aller à pied jusqu'à Pont-Aven en compagnie d'Eliasar et de Pointe.

Eliasar ne goûta pas cette proposition avec enthousiasme.

— Ah ! j'ai la flemme, mon cher. Je suis allé il y a une semaine à Pont-Aven. Non, sans façon, ça ne me dit rien d'y retourner. Ce n'est pas drôle, il n'y a pas un chat et la petite Américaine est partie pour Paris avec la Suédoise. Dans ces conditions, je ne vois pas très bien ce que nous pouvons faire là-bas.

— J'offre un déjeuner, insista Krühl.

— Allons, venez, fit Pointe engageant.

Eliasar se laissa tenter, décrocha sa canne, et les trois amis prirent allégrement la route. Krühl frappait les ajoncs à grands coups de pen-bas.

— Il faut que j'aille en ville, expliquait-il. J'ai des achats à faire. Et puis j'irai fouiner dans les bouquins de la mère Gadec, l'antiquaire.

— Elle a des choses intéressantes? s'enquit Eliasar.

— Bouh! bouh! peuh! Oh... ma foi, pas grand-chose, je n'ai jamais rien trouvé.

— J'ai trouvé une fois, dit Pointe, les œuvres complètes de Voltaire avec de jolies gravures... Je ne sais combien elle en demandait.

— Elle vend cher? interrogea Eliasar.

— Oui et non. Elle ne sait même pas ce qu'elle a. Elle n'a jamais l'air de reconnaître ses livres. Elle vend sa marchandise à la tête du client.

— Elle connaît bien la faïence, dit Pointe.

— Oui, répondit Krühl en faisant la moue.

— Je suis allé chez elle, la semaine dernière, pour acheter un dictionnaire d'occasion. Elle n'en avait point.

— Ça ne m'étonne pas. Il fallait aller à la grande papeterie.

— C'est ce que j'ai fait, répondit Eliasar.

En passant par Belon, les trois amis s'arrêtèrent chez Boutron. On prit un coup de vin blanc. Krühl n'aimait pas le cidre avant d'avoir mangé.

— Ça sent le printemps, disait Krühl en humant l'air comme un chien de chasse.

En traversant Riec, Pointe salua de la main et adressa quelques petits signes coquins à de jolies filles en coiffe dont le cou délicat émergeait d'une collerette de lingerie minutieusement godronnée.

— Ah! monsieur Pointe! monsieur Pointe! s'esclaffaient les élégantes Bretonnes.

— Tiens, la petite, là-bas, pas la troisième, celle qui a un tablier mauve, c'est la fille à Le Chaluz.

— Pas possible, disait Krühl. Elle est bien chaussée.

— Oh! elle a été en place à Paris.

La coquette petite ville de Pont-Aven, dépouillée de ses peintres étrangers et de ses baigneurs cosmopolites, étalait ingénument ses décors d'opérette.

— On pense au Petit-Trianon de Versailles, dit Eliasar.

— Quand j'avais dix ans, fit Krühl, j'ai aimé une ville comme on aime une femme. Aujourd'hui encore... oh! mais très rarement, il m'arrive d'avoir la mémoire de son parfum. C'est rapide comme un coup de fusil.

— On va déjeuner, on va déjeuner! chantait Pointe en brandissant sa canne.

Le repas fut parfait. Un déjeuner comme le fastueux Krühl savait en offrir. Lui-même élabora les détails de cette réjouissance. Avec un soin de bon aloi il indiqua les vins, régla leur apparition sur la table.

Au dessert, dans la fumée des pipes, chacun sentit à sa façon que la vie était digne d'être vécue, et qu'elle méritait qu'on dépensât pour la parer les plus rares ressources de la volonté.

En sortant du cabaret, cependant que Pointe allait rendre quelques visites à des amis, Krühl et Eliasar se dirigèrent vers la boutique de la mère Gadec, au bord de l'Aven.

— Je vais voir si elle a encore quelques romans anglais, dit Krühl; pendant la saison, elle a acheté des lots quelquefois intéressants.

— Bonjour, madame Gadec.

— Bonjour, Messieurs.

Elle sourit à Krühl, un vieux client, et à Eliasar, qu'elle reconnaissait.

— J'ai un dictionnaire pour vous, dit-elle à ce dernier.

— Ah! bien merci, je vais le prendre.

Krühl se glissait déjà entre les rouets, les chaises dépaillées et les coffres afin d'atteindre les rayons d'un lit sculpté transformé en bibliothèque.

— Quand m'achetez-vous mon lit? demanda madame Gadec en souriant.

— Quand je me marierai.

— Faut vous marier, faut vous marier, monsieur Krühl.

— Ah! trouvez-moi une héritière.

— Vous êtes bien assez riche pour deux.

Tout en bavardant, Krühl et Eliasar examinaient les livres, des romans modernes défraîchis, des livres anciens dépareillés, des ouvrages religieux, toute une collection de Fantomas disloqués.

— Vous n'avez pas grand-chose.

— Ah! j'en ai pourtant encore acheté la semaine dernière, un tas de vieilleries. Ce n'est pas bien intéressant.

— Non, dit Krühl, ou du moins ce n'est pas intéressant pour moi.

Eliasar, de son côté, éternuait dans la poussière que soulevaient les livres déplacés.

D'un coin obscur, hanté par les araignées et les

cloportes, il sortit un volume relié en parchemin jaune ; il le frappa contre le bois de la bibliothèque pour en extraire la poussière.

— Qu'est-ce que c'est ? dit Krühl, machinalement.

— Oh ! je ne sais, pas grand-chose, un vieux bouquin comme il en pleut sur les quais de Paris.

Il tourna quelques pages. « C'est assez rigolo tout de même », dit-il.

— Quoi, quoi ? fit Krühl, qu'est-ce que c'est, mon vieux.

— Je ne sais pas, car je ne lis pas l'anglais, mais la première page est tout au moins amusante. Regardez vous-même.

Il passa le petit livre à Krühl qui l'ouvrit, le feuilleta page par page en allongeant une lippe qui témoignait de l'intérêt prodigieux qu'il prenait à cet examen.

— Bouh ! bouh ! peuh ! Hé ! hé ! mon vieux, mon petit vieux, mon petit saligouillard. Hé, mais... hé... mais...

— Il ne faut pas vous trouver mal ! plaisanta Eliasar.

— Savez-vous que, mon cher... c'est très... très... intéressant...

Il bouscula un rouet et, tendant le livre à madame Gadec :

— Combien cette saleté ?

— Oh ! mais c'est un beau livre, et ancien, monsieur Krühl, déclara madame Gadec qui n'avait pas regardé l'ouvrage. C'est sûrement un des livres que j'ai achetés la semaine dernière à monsieur le baron. Vous savez bien qui je veux dire. Oh ! c'est un beau livre.

— Mais non, mais non, n'exagérez pas, madame Gadec, ce n'est pas un beau livre, c'est un vieux

carnet de blanchisseuse probablement, qui n'inté-
resse que moi parce qu'il est relié en parchemin. Je
me servirai de la reliure.

— Enfin, parce que c'est vous, monsieur Krühl, je
vous le laisserai pour trente sous, mais prenez-moi
une assiette alors...

Krühl, en ronchonnant, sortit trente sous de sa
poche et acheta une assiette qu'il donna à Eliasar en
lui disant : « Tenez, Monsieur, voilà pour monter
votre ménage. »

Il avait hâte de sortir.

Quand les deux hommes furent dans la rue, Eliasar
demanda :

— Qu'est-ce que vous pensez de ce bouquin ?

— Ce que je pense, mon vieux, dit Krühl, je ne
peux pas encore l'exprimer, mais, mon petit bougre
de tendre pied, j'ai comme une idée que vous n'avez
pas perdu votre journée en mettant la main sur cet
objet. Il faut examiner ce document de très près et
si... si... mais ce soir, nous verrons cela, chez moi,
dans ma chambre.

VII

LE DOCUMENT

Krühl, devant Eliasar qui bâillait distraitement, étala le fameux petit bouquin sur sa grande table de travail.

— Savez-vous, mon cher Samuel, ce que peut valoir ce modeste volume relié en peau de porc?

— Ma foi non.

— Peut-être une quarantaine de millions, déclara Krühl lentement, afin de ménager son effet.

— Je regrette alors de vous l'avoir laissé acheter, répondit Eliasar en plaisantant.

— Bouh! bouh! peuh! mon camarade, vous ne perdrez rien. Il est bien entendu que c'est à vous que revient la bonne fortune d'avoir découvert ce précieux document.

— Hasard! hasard! chantonna Samuel très condescendant, les jambes allongées sous la table et les poings enfoncés dans les poches de son pantalon.

— Evidemment, fit Krühl. Puis gravement :

« Le hasard vous a désigné, voilà tout. »

— Enfin, où voulez-vous en venir, mon vieux, avec votre bouquin. Vous m'intriguez. Si ça vaut quarante millions, comme vous paraissez le croire, revendons-le. Je me contenterai d'un tiers dans la combinaison. Vous voyez, je ne suis pas méchant.

Krühl bourra sa pipe, l'alluma, s'assit à côté d'Eliasar qui prit le livre et le feuilleta, examinant la première page manuscrite avec des yeux de tortue devant un fer à friser.

— Vous ne voyez pas? demanda Krühl.

— C'est écrit en anglais, mon vieux, je vous ai dit déjà une dizaine de fois que je ne connaissais pas la langue anglaise. Alors je peux toujours regarder.

— D'ailleurs, fit Krühl, j'ai pris un cliché de chaque page de ce livre qui pourrait s'abîmer. Vous verrez peut-être mieux sur ces épreuves.

Il mit une épreuve devant Eliasar.

— Je vois une tête de mort sur fond noir, puis des signatures et d'incontestables traces de doigts gras.

— Bien, et sur celle-ci?

Krühl lui tendit une autre épreuve.

— Ah! c'est une île, dit Eliasar, une île qui ressemble à une tortue! Dans ce cas, c'est peut-être un rébus. Je vous laisse le soin d'en chercher la solution. Je connais trop ce piège. On commence en amateur et l'on finit par s'arracher les cheveux un à un. D'ailleurs, c'est probablement un rébus à l'usage des Anglais.

— Bien, répondit Krühl, que dites-vous de ce cliché?

— Un poème en anglais, avec un cochon qui porte un étendard. Des signatures. Je ne comprends toujours pas.

— Les autres pages du livre offrent moins de clarté pour la solution du problème, dit Krühl, je les ai clichées aussi, mais elles ne présentent pour vous aucun intérêt, bien qu'elles apportent elles-mêmes leur cachet d'authenticité.

« J'ai étudié toute la nuit ce document, et si je n'ai pu mettre en lumière toutes les obscurités qu'il contient encore pour mon entendement, j'ai tout de même acquis la certitude que vous avez trouvé un carnet appartenant à un gentilhomme de fortune anglais, qui s'acquit quelque célébrité, le fameux capitaine Edward Low. Vous lisez sa signature sous la marque noire qui servait de sceau aux écumeurs de mer. Dans le coin gauche de la première feuille, un nom de ville : Charlestown, et une date effacée. Sous la marque noire, la signature de Low et celle de Billy Bones, charpentier du navire. Hein, c'est curieux.

— C'est curieux, consentit Eliasar, en tout cas, pour votre bibliothèque, vous avez rencontré un document bien amusant.

— Bien, mon camarade, mettons amusant. La deuxième feuille représente une île. Par sa forme, j'ai tout lieu de penser qu'il s'agit de l'île de la Tortue. Pourtant, à l'époque contemporaine de ce livret, l'île de la Tortue avait été depuis longtemps abandonnée par les gentilshommes de fortune. D'un autre côté, si je tiens compte des flèches indicatrices qui se dirigent au nord-ouest vers les Bahamas, au sud-ouest vers la Vera-Cruz et au sud-est vers Caracas, l'île en question doit être, si ce n'est l'île de la Tortue, une île quelconque des grandes ou des petites Antilles. Il faudra mettre cela au point. Le rébus qui vous inquiète sert en quelque sorte de légende pour cette carte, ainsi que le curieux poème en anglais du xviiie siècle qui occupe le cliché n° 3.

— Alors ? fit Eliasar.

— Alors, mon camarade, la lecture de cette carte et la traduction de cette charmante poésie m'ont permis de me faire une opinion sur le tout. Vous avez trouvé un document, comme beaucoup de gentils-hommes de fortune en établirent pour leur permettre de retrouver plus tard l'endroit exact où ils avaient caché le montant de leurs prises, le trésor, parfois inestimable, qu'ils avaient amassé au cours de leur vie. Beaucoup de ces individus terminèrent leurs jours brutalement, par autorité de justice, sans avoir pu jouir du fruit de leurs travaux. C'est ce qui explique la quantité relativement élevée de trésors enfouis çà et là, sur les côtes de l'Amérique centrale, de l'Amérique du Sud, à l'intérieur des îles Barbade, à Saint-Christophe, à Madagascar et même sur les côtes d'Asie, comme le fit le capitaine Kid, qui emplissait d'or et de bijoux des poches de cuir encore enterrées de nos jours, faute de documents précis pour orienter les recherches. Ce carnet, sans aucun doute, fut la propriété d'Edward Low, dont le pavillon noir brodé d'une tête de mort en argent — la reproduction de la marque dessinée sur la première page — était devenu la terreur de tous les navires de commerce battant n'importe quel pavillon. Car le bandit ne reconnaissait d'autre loi que la sienne.

« Edward Low naquit, je crois, à Westminster et s'attira comme pirate une renommée à faire pâlir la réputation des plus atroces forbans qui illustrèrent de leurs exploits l'étamine noire du pavillon des gentilshommes de fortune. Plus féroce que Kid, l'homme au baquet, que l'ignoble Gow, son contemporain, qui fut condamné, en 1726, à avoir le corps pressé jusqu'à ce que mort s'ensuive, Edward Low dut amasser une fortune considérable, si l'on additionne le total de ses prises. Il avait fait ses débuts avec Spriggs, alors quartier-maître à bord du sloop *le Rôdeur,* que commandait Lowther. Je vous donne ces quelques renseignements pour vous permettre de vous faire une idée sur le sinistre possesseur de cet émouvant petit volume.

« Mais revenons à notre trésor. La carte, à mon

avis, contient toutes les indications nécessaires afin de retrouver les richesses enfouies par Low. Les lettres indiquent, sans aucun doute, des points de repère. Ainsi M se trouve répété au-dessous du grossier croquis situé en bas de la page et qui veut représenter un champignon, en anglais *mushroom,* mot que l'on peut lire à gauche, au-dessous de quelques chiffres suggestifs. Vous voyez aussi la lettre P et la légende porte Pig, cochon, avec une réduction du cochon porte-étendard dessiné sur la page n° 3.

« Passons, maintenant, mon camarade, à l'examen de la page n° 3. Tout d'abord voici la traduction littéraire des quelques vers d'anglais ancien qui se rapportent, sans hésitation possible, au petit cochon dessiné au bas de la page 2.

Un cochon à longue queue ou un cochon à queue
    courte,
    Un cochon sans queue du tout,
Un cochon femelle ou un cochon mâle,
    Ou un cochon à la queue frisée...
Oh! que tout digne contremaître ne manque pas de
    tirer à lui
    Ses affaires par une queue en or.

« J'ai médité toute la nuit sur le texte de cette poésie symbolique, et j'ai pu préciser la valeur du souhait adressé au digne contremaître de " tirer à lui ses affaires par une queue en or ".

« Pour l'intelligence de l'histoire, il est bon de vous dire qu'un contremaître était considéré comme officier à bord des bâtiments pirates. Aujourd'hui ce terme est tombé en désuétude.

« A mon avis, cette curieuse pièce de vers est à elle

seule la clef du mystère. Elle se présente selon l'imagination et l'humeur des gentilshommes de fortune, qui ne détestaient pas cette manière de symbole assez compliqué. Le cochon de Low est un peu comme le chevreau noir du capitaine Kid. Les nombreux chercheurs de trésors qui fouillèrent la côte des Barbades, dans l'espoir de mettre la main sur les fameux sacs de vif-argent que Kid y avait enfouis, se faisaient précéder dans leur expédition d'un chevreau noir qui, dans leur esprit, était le truchement désigné entre eux et le hasard. Low, en choisissant le cochon pour diriger ses héritiers possibles, obéissait simplement à la connaissance parfaite de la réalité. Vous savez que le cochon est, par excellence, un animal remarquablement doué pour découvrir les truffières. En rapprochant cette particularité du champignon de la page 2, j'en conclus que le champignon désigne simplement la truffe, et que le cochon porteur du pavillon noir est spécialement chargé de la découvrir. Or, ce cochon est un cochon à queue d'or. L'allusion est claire. A l'endroit même où le cochon grattera la terre pour découvrir des truffes, le trésor est enfoui. Il est bon d'ajouter que les truffes sont assez rares aux Antilles, et que c'est sans doute la rareté du fait d'en avoir rencontré qui suggéra cette mise en scène à l'astucieux forban.

« Il reste quelques détails à mettre au point. La tâche ne me semble pas du tout au-dessus des forces d'un homme méthodique et assez documenté sur cette époque. C'est mon cas, et cette histoire me passionne au-delà de tout ce que vous pouvez imaginer. »

Eliasar contemplait toujours le cliché n° 3. Il regardait l'épreuve dans tous les sens.

— Et ces noms-là, fit-il... Meg... Read, Black...

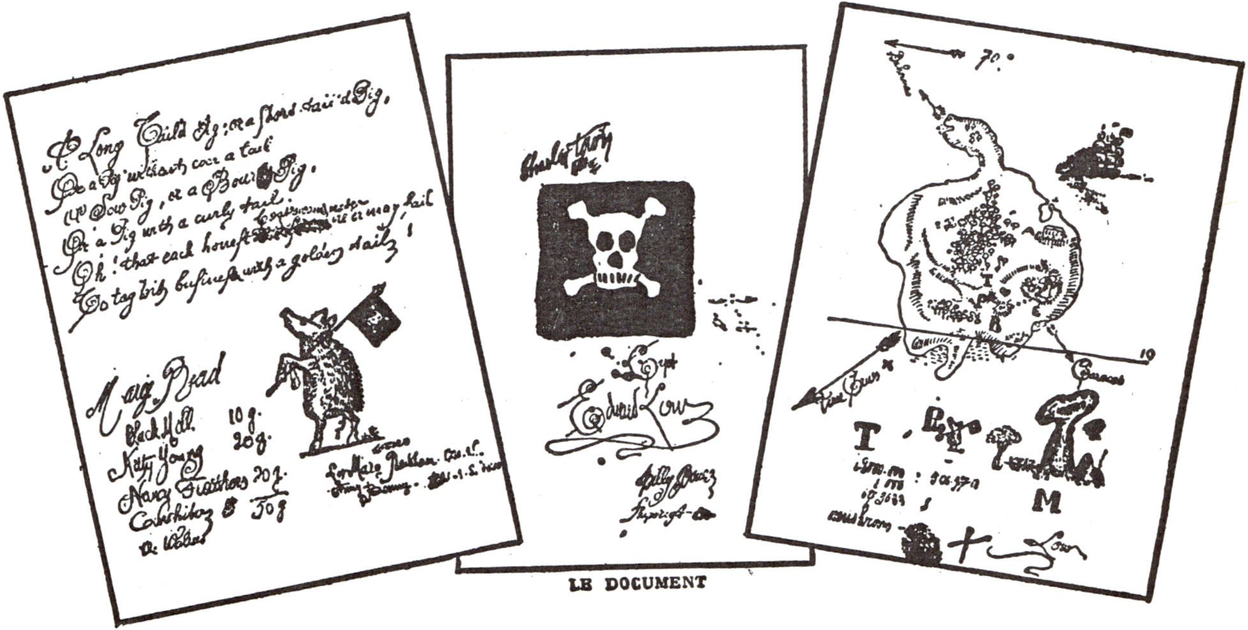
A Long Tail'd Pig, or a Short tail'd Pig,
Or a Pig without ever a tail
A Sow Pig, or a Boar Pig,
Or a Pig with a curly tail.
Mary Read
Black Moll 10 g.
Kitty Young 20 g.
Nancy Feathers 20 g.
Edward Low
T
M
70°
19

LE DOCUMENT

— Ça, fit Krühl, c'est curieux, voilà tout, je ne pense pas que cette liste de noms propres puisse apporter un intérêt nouveau à la lecture de la carte. Mary Read, c'est le nom d'une fille qui navigua avec Rackam et fut sa maîtresse. Les autres noms sont également des noms de femme dont la qualité méritait d'être consignée sur ce carnet avec un chiffre en guinées qui, à mon avis, récompensait leurs faveurs.

« A droite on retrouve le nom de Mary Read avec celui d'Anne Bonny, une autre femme pirate, une date, des chiffres, dont je ne peux préciser le sens.

« Low dut connaître Mary Read, Anne Bonny et Rackam. Ils étaient tous gentilshommes de fortune, nom de Dieu ! Ils aimaient les belles filles souples de la Vera-Cruz, les chulas mexicaines, les liqueurs hollandaises, les étoffes de la Chine et les moïdores. Quand on pendit le capitaine Kid, à Londres, quai de l'Exécution, il portait un bel habit rouge et des gants. De ce fait, il déçut les spectateurs venus pour voir pendre un pirate au masque terrifiant. Et les amateurs d'émotions fortes se trouvèrent devant un supplicié élégant qui ressemblait plus à un petit-maître fréquentant la maison de Moll-King, dans Covent Garden, qu'à un gentilhomme de fortune noirci par le soleil, mordu par les embruns... »

Et Joseph Krühl s'arrêta pour rallumer sa pipe éteinte.

— Il ne faut tout de même pas se monter la tête, dit Eliasar en se balançant sur sa chaise. Etes-vous sûr que le trésor, puisque trésor il y a, n'a pas été découvert par d'autres chercheurs nous ayant devancés ?

— C'est peu probable, répondit Krühl, car dans ces conditions le document ne serait pas parvenu jusqu'à nous.

— Alors, vous croyez à cette histoire de trésor ?

— Ma foi, oui.

— A votre avis, qu'est-ce que ça peut valoir, un trésor de ce genre-là ?

— Bouh ! bouh ! peuh ! En voilà une question... C'est inestimable : argent en barres, monnaies anciennes en or, pierres précieuses et surtout bijoux d'une valeur prodigieuse pour notre époque. Le trésor de Kid était estimé à une quarantaine de millions. Celui d'Edward Low ne vaut pas moins. Kid navigua beaucoup moins longtemps que Low.

— Dites donc, fit Eliasar, ça valait la peine de naviguer comme gentilhomme de fortune.

— Tenez, mon vieux, certains jours, ou plutôt certaines nuits, la mer appelle et gémit comme une femme amoureuse. J'ai compris la légende des sirènes, mais pour moi, c'est Mary Read qui appelle John Rackam, et c'est aussi la rumeur qui vient lentement des Antilles, quand l'île de la Tortue bruyait comme une auberge louche, quand les hommes juraient le coutelas à la main, et quand les filles se pavanaient, une rose entre les dents.

— Faut tout de même pas s'en faire, coupa nettement Samuel Eliasar. Il ne faut pas s'emballer. Evidemment un trésor est toujours bon à prendre. Etes-vous sûr de votre compétence en la matière ?

Il ne pouvait pas toucher plus juste pour piquer l'amour-propre de Krühl.

— Si je suis sûr de moi ? Bouh ! bouh ! peuh ! Vous voulez plaisanter, mon vieux. Voyons, dites-moi, hein, hein ? Ai-je la tête d'un farceur, d'un dandin, d'un béjaune ? Je ne connais personne, per-son-ne, vous m'entendez, Eliasar, qui puisse me damer le pion sur cette question. Je vous le dis, Eliasar.

— Ne vous fâchez pas, mon vieux Krühl, vous connaissez mon esprit méthodique. J'ai moins d'imagination que vous, et la vie m'a enseigné l'art d'éviter les déceptions. Il est de toute évidence que les explications que vous venez de me donner sont véritablement troublantes. Toute cette histoire est curieuse. Je regrette presque d'avoir découvert ce petit bouquin. Vous êtes dans un état d'exaltation extraordinaire. Calmez-vous, mon vieux. Venez vous promener avec moi. La jolie figure de Marie-Anne dissipera les fantômes des mauvais garçons serviteurs du pavillon noir. Venez.

Il tendit à Krühl sa casquette et une canne. Krühl, muet et les yeux fixes, suivit docilement son compagnon.

On rencontra Bébé-Salé qui, les mains dans les poches de sa vareuse bleue, se dirigeait vers le cabaret.

— Tiens, te voilà, la flotte, dit Krühl.

— Toujours debout, monsieur Krühl.

En entrant dans la petite auberge, Krühl se précipita pour embrasser Marie-Anne qui le repoussa à coups de torchon.

— Laissez-moi, laissez-moi, grand *savage!*

— Tiens, donne-nous des cartes, commanda Eliasar.

— Non, je ne joue pas ce soir, déclara Krühl.

Bébé-Salé et Eliasar se regardèrent dans un mouvement commun de stupéfaction sincère.

— Ben non, quoi! Je n'ai pas envie de jouer aujourd'hui et c'est tout.

— Tu vois, Marie-Anne, dit Eliasar, tu lui tournes la tête.

Krühl menaça du doigt l'accorte jeune femme et vida d'un trait son verre de tafia.

— Dis donc, Bébé-Salé, est-ce qu'il y a longtemps que tu as pris du service à bord?

Bébé-Salé plissa le front et commença une série compliquée de calculs dont Krühl ne lui laissa pas le temps d'annoncer le résultat.

— Moi, mon vieux, dit-il en se levant et en regardant le vieux matelot dans les yeux, moi, Krühl, je t'emmène, si tu en as dans le ventre, je t'emmène avec moi.

— Et où donc? demanda Bébé-Salé

— Ah! voilà, répondit Krühl en se frottant les mains.

Eliasar ne put réprimer un gentil sourire de satisfaction que Marie-Anne eut la fatuité de prendre pour elle.

VIII

LA MISE AU POINT
DE L'AVENTURE

Pendant toute la semaine qui suivit la découverte du précieux document, Krühl fut inabordable. Il passait ses jours et ses nuits à contempler des notes, à feuilleter des livres, à couvrir de chiffres des cahiers d'écolier.

Un atlas ouvert en permanence sur sa table de travail étalait une carte des Antilles couverte de marques au crayon bleu et au crayon rouge.

Désiré Pointe, ignorant les motifs qui décuplaient l'activité de Krühl, haussait les épaules et se confiait à Eliasar.

— Je ne l'ai jamais vu dans cet état. Un jour, mon vieux, vous verrez ce que je vous dis, il deviendra fou et on l'emmènera à l'hospice de Quimper, ficelé comme un cervelas, dans la charrette du boucher. En ce moment le gars est en train de naviguer, quelque part, probablement dans la mer des Antilles, car c'est là son cafard. Demain il nous affirmera que c'est arrivé. Tenez, vous allez le voir.

Désiré Pointe rabattit son feutre sur ses yeux, noua une serviette à carreaux rouges autour de son cou, se fit une ceinture avec un châle, et passa dans cette

99

ceinture un vieux sabre-baïonnette qui servait à tisonner le feu.

La pipe aux dents, il grimpa avec Eliasar sur ses talons jusqu'à la chambre de Krühl dont la porte était entrouverte.

Krühl, les yeux rêveurs, assis devant son atlas, tournait le dos à la porte.

Les deux hommes entrèrent tout doucement, et Pointe, grossissant sa voix naturellement sonore, chanta lugubrement : « Je suis le capitaine Kid ! »

Krühl se retourna d'un bond, considéra Pointe d'un air effaré. Puis reprit son assiette.

Il montra la porte derrière laquelle Eliasar s'était déjà effacé.

— Espèce de veau ! gronda-t-il.

Pointe dégringola l'escalier en rigolant. Il raconta la scène à madame Plœdac.

Dans l'intimité, Eliasar se frottait les mains. En présence de Krühl, il affectait le désintéressement le plus absolu.

— Vous me surprenez, mon cher. La fortune vient vous sourire et vous la recevez comme une intruse.

— C'est que je me méfie, disait Eliasar.

Un jour, Krühl appela par la fenêtre le jeune Samuel qui, penché sur la terrasse, contemplait une barque de Gâvres qui débarquait ses poissons.

— Montez, mon vieux, j'ai deux mots à vous dire.

Eliasar monta, et quand il fut dans la chambre du Hollandais, celui-ci lui offrit un siège.

— Plus je réfléchis, et malgré vos doutes, je me hâte de le dire, plus j'estime que le trésor de Low existe et que nous avons en main tous les éléments pour le découvrir. J'ai donc résolu de mettre quelque argent dans cette entreprise. Je suis très riche et ce n'est pas l'appât du gain qui me conseille en cette matière, mais le goût de l'aventure m'invite à tenter la chance. Je fournirai les capitaux nécessaires à l'entreprise et je vous donnerai la moitié des bénéfices, ce qui est justice, puisque c'est vous, Eliasar, qui, somme toute, avez découvert le document.

— Ça coûtera cher, soupira Eliasar.

— Qu'importe, le résultat couvrira largement les frais. Je ne fais pas une mauvaise affaire, je vous prie de le croire.

« Nous nous rendrons en Amérique, et là...

— Comptez-vous prendre le paquebot ? demanda Samuel.

— A vrai dire, non.

— C'est mon avis. Si vous décidez de tenter cette expédition, il faudra armer un bâtiment qui soit votre propriété. Le trésor, si nous le trouvons, ne manquera pas d'être encombrant et plutôt difficile à loger sur un paquebot. Maintenant, je vous préviens loyalement, quant à moi, que je ne possède pas un sou, et cette expédition m'éloigne plutôt de mes occupations familières.

— N'avez-vous pas fait votre médecine ?

— Mon Dieu oui, mais je n'ai pas écrit ma thèse.

— C'est sans importance, je vous prends comme chirurgien à bord. Je vous donnerai cinq cents francs par mois de traitement à compter sur votre part de bénéfices, naturellement.

— Que pensez-vous que puisse coûter cette aventure ? demanda Eliasar en se frottant le nez avec un doigt.

— Franchement, je pense que cette aventure me coûtera plusieurs centaines de mille francs, car je compte sur de gros frais de fouille quand j'aurai découvert l'emplacement. En outre, j'ai besoin de me couvrir en faisant du commerce. Je ne tiens pas à donner l'éveil et à verser dans la caisse d'un Etat quelconque la majeure partie de mes bénéfices.

— Il faut agir, en effet, avec la plus grande discrétion. Souvenez-vous que le monde est en guerre et que la moindre irrégularité dans notre situation pourrait nous causer de grands préjudices.

— J'ai pensé à tout, répondit Krühl, et je crains même de rencontrer de grosses difficultés particulièrement dans le recrutement de mon équipage. Voilà le point faible.

Eliasar, les mains dans la ceinture de cuir tressé qui maintenait son pantalon, se promenait de long en large en méditant les paroles de Joseph Krühl.

— Il vous faut un capitaine, un capitaine solide, peu bavard, que vous intéresserez dans l'affaire. J'ai votre homme, ou du moins je connais quelqu'un. Je pense qu'il ne demandera pas mieux que de prendre un commandement dans ces conditions. Vous pouvez placer votre confiance sur ce marin. J'en réponds comme de moi-même.

— Ah ! mon cher, vous êtes un garçon précieux, fin et débrouillard. Je connais les hommes et croyez bien que les compliments que je vous adresse ne sont pas formulés à la légère.

— Attendez, attendez, plaisanta Eliasar, laissez-moi réussir avant de me couvrir de fleurs.

— Vous réussirez, mon vieux toubib.

— Tout d'abord, mon ami — c'est du capitaine Heresa que je veux parler — n'habite pas précisément à côté. Il s'est retiré à Rouen. C'est un Espagnol des plus honorables qui a navigué pour le compte d'un tas d'armateurs et qui connaît toutes les

102

mers du globe comme vous pouvez connaître la Côte. Vous aurez avec vous un vrai marin. Ses relations et son nom lui permettront de recruter un équipage, très difficile à trouver en ce moment. Songez qu'il n'y a pas d'hommes en état de fournir une campagne de cette importance. Tous les gars d'ici et d'ailleurs sont au front ou sur les bâtiments de l'Etat.

— C'est en effet très compliqué, approuva Krühl.

— Heresa arrangera tout cela. Je vous propose d'aller le chercher, de l'amener ici. Oh! en touriste, naturellement. Nous nous entendrons avec lui; il nous donnera de précieux conseils sur le bâtiment le plus propre à tenir la mer dans ces conditions.

— Nous prendrons un sloop; je ne tiens pas à m'embarrasser d'un équipage trop nombreux. Outre les difficultés du recrutement, je craindrais les indiscrétions, car, entre nous, mon vieux, il ne faudra pas se montrer trop difficile sur la qualité. Une dizaine d'hommes, le capitaine, un maître de manœuvres, le cuisinier, vous et moi, formerons un équipage tout à fait suffisant pour réussir. Je ne sais comment vous prouver ma reconnaissance. Votre amitié avec le capitaine... comment?...

— Heresa... Joaquin Heresa...

— ... le capitaine Heresa me soulage d'une immense préoccupation. Il fallait pour ce poste un homme de confiance.

— En matière de trésors, je crois même que Heresa possède quelque compétence. Si j'ai bonne mémoire, il a dû naviguer longtemps pour une société chargée de repêcher les épaves et leur cargaison.

— C'est parfait. Vous irez donc à Rouen dès demain. Vous ferez l'impossible pour décider M. Heresa; vous le ramènerez, n'est-ce pas? Quant à moi, je profiterai de votre absence pour me rendre à Paris, afin de régler quelques affaires. Je compte emporter une forte somme d'argent en billets de banque et surtout en pierres précieuses qui ont cours partout. Il faut prévoir que les changeurs et les banquiers seront plutôt rares dans l'île en question. D'ailleurs, je préfère ne pas me servir de chèques. Les pierres précieuses me paraissent offrir le moyen le moins encombrant pour transporter une grosse somme d'argent. Ce n'est pas votre avis ?

— Je crois que vous avez raison. Votre idée me paraît pratique. Songeons aussi à donner à notre voyage une apparence commerciale. D'ailleurs, nous ne pourrons pas armer un bâtiment quelconque sans donner aux autorités un motif plausible.

— Je songerai à tout cela. Je négocierai une affaire de papier qui nous mettra dans une situation régulière vis-à-vis des autorités de France et d'Amérique.

— Alors je partirai demain, fit Eliasar.

Krühl ouvrit le tiroir de son bureau, sortit une liasse de billets de banque, les compta et les tendit à Eliasar qui ne put réprimer une vive rougeur.

— Voici mille francs sur vos appointements de chirurgien ; agissez pour le mieux, au nom des intérêts qui nous sont communs.

Eliasar prit les billets et les glissa dans son porte-feuille.

— J'espère que le capitaine Heresa acceptera vos propositions. A propos, quels appointements lui offrez-vous ?

— Cinq cents francs par mois et quinze pour cent sur les bénéfices.

— Diable ! mais à combien évaluez-vous le trésor ?

— A plusieurs millions, certainement.

— Dans ces conditions, vous pouvez vous permettre d'être généreux. Savez-vous que c'est une excellente affaire pour lui.

— Je n'en doute pas.

— A mon avis, dit encore Eliasar, je vous conseillerai d'augmenter un peu ses mensualités. C'est une grande responsabilité pour un capitaine que de prendre la mer en ce moment. Il y a...

— Les sous-marins? c'est encore exact. J'irai jusqu'à sept cents francs; décidez-le pour cette somme.

— Il faudra peut-être aller jusqu'à mille, insista Samuel. Considérez les dangers à courir et les difficultés pour trouver un officier habile.

— Soit, répondit Krühl. Le voyage aller et retour ne durera pas plus de trois mois.

IX

LE BAR DU « POISSON SEC »

Le bar du « Poisson sec » n'était fréquenté, avant la guerre, que par des navigateurs de basse catégorie. La fleur des équipages marchands ne s'y donnait pas rendez-vous, et beaucoup de noctambules rouennais ignoraient l'existence de ce petit bouge frileusement blotti entre deux grandes maisons à colombages, dans les plus pures traditions des vieilles maisons normandes.

Toujours avant la guerre, le bar du « Poisson sec » était tenu par une très jolie Maltaise d'origine israélite. Cette jeune lady s'appelait Annah pour tout le monde. Elle parlait couramment plusieurs langues et savait trouver les mots qui émeuvent ou ramènent au silence les matelots travaillés par l'alcool.

Elle s'exprimait avec une connaissance si parfaite des ressources argotiques de quelques langues, en principe décentes, que c'était un perpétuel sujet d'attendrissement de la part des individus qu'elle honorait de sa conversation.

L'aspect de la grande salle du « Poisson sec » valait certainement le prix d'un gobelet d'ale ou de stout. Meublée sévèrement, elle alignait des tables en bois entourées de tabourets de paille. Les murs peints en rouge sang de bœuf, un peu comme on pourrait imaginer le parloir d'un ancien exécuteur des hautes œuvres, s'ornaient de chromos édités luxueusement par les plus célèbres vendeurs de spiritueux du monde entier. Une estampe, dans un mauvais tirage, de W. Hogarth, représentait une scène tirée de cette curieuse suite de gravures, intitulée *Les Progrès d'une garce.* On voyait, quoique l'humidité eût abîmé une partie du dessin et que les mouches eussent injurié copieusement le verre qui devait le protéger, la malheureuse Polly battant le chanvre dans une maison de correction. Toutefois les inquiétantes beautés qui fréquentaient le « Poisson sec » paraissaient se soucier fort peu de dégager un enseignement quelconque de cette gravure symbolique.

Près de la caisse en imitation d'acajou, derrière laquelle trônait la brune Annah, se dressait le perchoir d'un perroquet, probablement contemporain de la gravure et que miss Annah repassa à son successeur quand elle vendit son fonds.

Ce perroquet n'avait d'autre intérêt que de dominer, de sa voix de phonographe, le bruit des conversations les plus endiablées. Au milieu des hurlements et des injures vomies pour des motifs qui s'associaient au pittoresque de ce petit café, il savait couvrir toutes les vociférations. C'était toujours lui qui obtenait le dernier mot, sans se soucier des nombreuses offres de persil qu'on lui proposait de tous côtés.

Le perroquet du « Poisson sec » parlait peu mais bien. Il résolvait tous les problèmes sentimentaux posés par des garçons un peu vifs, en glapissant, comme un forcené, sa phrase favorite : « Little boy ! Little girl, digle digle dum baïng ! baïng ! »

En dehors du perroquet et de miss Annah, le

108

« Poisson sec » s'honorait d'une barmaid que l'on nommait Tilly, jolie fille rondelette, canaille et trop rusée pour vivre vieille. Elle dansait le cake-walk, alors de mode récente, entre les tables et coulait de côté, vers les spectateurs des regards harmonieux ainsi que des effets de trombone à coulisse.

Elle connaissait également peu de mots en beaucoup de langues, dont elle se suffisait pour mettre au pas, sans l'intervention de la police, une clientèle habituée, depuis la tendre enfance, à considérer la malhonnêteté comme l'expression la plus directe d'un esprit de qualité.

Tilly mourut d'un coup de couteau, un soir d'été, au coin d'une petite rue très obscure. L'arme, que le propriétaire négligea de sortir de la plaie, venait à coup sûr d'Espagne, comme l'affirmèrent par la suite les connaisseurs de l'établissement.

Un inconnu lyrique et sentimental grava sur une table cette phrase en yiddish, dont la signification équivalait à ceci : « La petite Tilly a le goût du sucre. »

Puis naturellement l'eau continua à couler sous le pont transbordeur.

Quand la guerre éclata, Annah, qui venait d'avoir des malheurs avec la police au sujet de quelques individus d'une nationalité vraiment trop douteuse, pressentit une longue suite de désagréments de cette nature.

Elle vendit son fonds à un certain Joaquin Heresa, totalement inconnu dans Rouen, mais qui possédait des papiers en règle. Ces papiers prouvaient que Joaquin Heresa, né à Bilbao et venant du Havre qu'il connaissait minutieusement, avait longtemps navigué en qualité de capitaine pour le compte de plusieurs compagnies d'une honorabilité indiscutable.

L'affaire avait été négociée par un certain Samuel Eliasar, ancien amant de la belle Annah, et ami reconnu du capitaine Joaquin.

— Jé né veux plus naviguer, disait Heresa en parlant fortement du nez, Jé veux rester ici, à Rouon comme un pontan (ponton).

L'accent d'Heresa était insupportable et le digne homme ne pouvait acheter un paquet de cigarettes sans donner l'impression d'un individu écœuré, à deux doigts de créer un cataclysme quelconque.

Pour ne pas déparer la collection des héros de cette aventure, le capitaine Joaquin Heresa buvait sournoisement, mais avec une volonté farouche.

Il ratiocinait d'ailleurs sur les progrès de l'alcoolisme et s'affirmait un militant convaincu de ses idées, en ne marchandant pas l'eau dans ses consommations.

L'arrivée des troupes anglaises à Rouen permit à Joaquin Heresa de caresser des espoirs que l'avenir ne favorisa point.

Le bar du « Poisson sec », bien que repeint à neuf, n'attira pas la clientèle des tommies.

Joaquin Heresa, campé sur ses courtes jambes devant la porte de son établissement, guettait la proie qui, moyennant une somme peu élevée, consentirait à ingurgiter chez lui une manière de whisky appelé pompeusement le Whisky des ancêtres.

Son cœur battait d'émotion quand il entendait un pas se rapprocher de son établissement. Il ne recevait guère, cependant, que la visite de quelques dockers chinois préoccupés déjà par des questions syndicalistes.

— Mujer ! grondait-il, puis il appelait sa bonne : « Cécilé. »

La bonne, traînant la savate, apparaissait lentement. Alors Joaquin Heresa, abattu par la persistance du mauvais sort, indiquait quelques chaises mal rangées, des verres non essuyés et d'autres détails d'intérêt purement domestique.

— Vous né fichez rien ! Cé n'est pas la première fois qué jé vous lé dis.

Quand il avait le dos tourné, Cécile le regardait avec mépris et passait plusieurs fois sur ses joues le revers de sa main sale.

C'est un matin, d'assez bonne heure, alors que Cécile lavait à grande eau les carreaux noirs et blancs de la grande salle, que Samuel Eliasar, la mine satisfaite, les mains dans les poches d'un élégant raglan, pénétra en vieille connaissance dans le bar du « Poisson sec ».

— M. Joaquin Heresa est-il descendu ? demanda-t-il à la fille qui le contemplait avec curiosité.

— Je vais voir, Monsieur... C'est pourquoi ?

— Je ne suis pas un placier en vin, répondit Eliasar, votre patron est mon ami. Dites-lui simplement que Samuel Eliasar est venu lui serrer la main.

— Le voilà qui descend, répondit la bonne.

— Ah mon vieux, mon vieux, clama le capitaine, dès qu'il eut aperçu Samuel. Commé c'est gentil d'être vénu mé rendre visite. Il grogna d'aise.

— Et les affaires ? demanda Samuel.

— Ouat ! les affaires, si ça continue jé vais fermer la boîte. Jé suis pourtant aimable, mais quand les clients sé sont butés, on leur offrirait à boire avec dé l'argent pour rentrer chez eux, qu'ils ne viendraient pas plus pour céla.

— C'est moche, dit Eliasar. J'aurais pourtant cru qu'avec la guerre, les mouvements de troupes et l'animation du port, vous auriez pu mettre quelques sacs à gauche. Evidemment, il est inutile de lutter, quand la guigne persiste, sur une combinaison.

— Et puis, dit Heresa, tous les voisins voient bien qu'il n'y a pas plus dé monde ici qué sur le toit du théâtre des Arts, alors, jé né peux pas négocier la vente du pétit « Poisson sec ». Jé reste avec ma sale affaire sur les bras.

— Du temps d'Annah, ça marchait mieux.

— Ouais, mais Annah, c'était une femme, mujer ! uné femme ou bien uné gourgandine. Aujourd'hui, la clientèle demande dé pétites poules, mais jé né veux pas d'histoires. C'est trop d'embêtements. Pas dé pétites poules !

— J'ai beaucoup de choses à vous confier, mon cher Heresa. Avez-vous une pièce où l'on puisse bavarder tranquillement ?

— Dans ma chambre ?

La chambre du capitaine se trouvait au premier étage ; deux grandes fenêtres donnaient sur la rue. Elle était meublée avec beaucoup de simplicité : un lit-cage, une armoire en bois blanc, une table en bambou, deux ou trois chaises dépaillées, une toilette encombrée de bouteilles, de peignes, de brosses et de morceaux de bougie. Quelques vêtements et une casquette galonnée d'or étaient accrochés au mur, à des portemanteaux en fonte comme on en voit dans les cafés.

— Asseyez-vous sur lé lit, dit le capitaine Heresa, vous sérez très bien, c'est comme un divan.

— Voyons, fit Eliasar avec bonhomie. Voulez-vous reprendre la mer ? En qualité de capitaine, naturellement.

— Virgen del Carmen ! Pour embarquer ?

— Bien entendu. Ne faites pas le difficile. Votre bistrot vous coûte de l'argent et vous savez aussi bien que moi qu'il n'y a rien à faire pour le relever. J'ai une excellente combinaison à vous offrir au nom d'un ami qui se propose d'armer un bâtiment quelconque pour aller chercher fortune quelque part, je crois dans les Antilles. Il lui faut un capitaine et un équipage. J'ai pensé à vous.

— C'est qué, dit Joaquin Heresa, c'est qué, comment vous expliquer céla, cé n'est pas toujours drôle dé prendre la mer avec ces sacrés sous-marins. Il y a des risques.

— On paie bien, répondit Eliasar.

— Jé né dis pas non, combien ?

— Un billet, mille francs par mois. L'expédition durera peut-être trois mois.

— C'est sérieux ?

— De l'or en barre.

— Ouais, ouais, alors jé balance Céliné ; jé ferme la boutique et jé vous suis.

— Vous avez raison ; on ne doit jamais hésiter quand l'occasion se présente. L'occasion est belle cette fois. J'ai des tas de choses à vous confier. Liquidez votre situation et ce soir à dîner, je vous expliquerai tout par le menu. Je vous connais, Heresa, vous n'êtes pas un petit garçon et vous appréciez la valeur des mots. Quand vous serez au courant de mes projets, vous serez forcé d'avouer que je ne suis pas une gourde, moi non plus.

Le capitaine Heresa était petit et maigre. Il portait ostensiblement un ventre ballonné, qui lui servait, disait-il, de ceinture de sauvetage.

Selon les traditions, tombées en désuétude des hommes de la mer, il se rasait entièrement le visage, mais se le rasait mal. Sa barbe brune opulente le désespérait en couvrant d'un lavis bleuâtre l'espace compris entre le nez et la lèvre supérieure et la peau de ses joues, naturellement d'un vert olivâtre. Edenté à la suite d'un tas de compromissions dans des établissements interdits au commun des mortels, il séduisait néanmoins les femmes par un je ne sais quoi qui restera toujours un mystère pour le plus subtil des psychologues. Les yeux du capitaine Heresa, en vérité très beaux et très expressifs, entraient peut-être pour beaucoup dans cette stupéfiante aberration. Joaquin Heresa était âgé de quarante ans et prouvait l'originalité de son mauvais goût en arborant des cravates aussi colorées qu'un jeu de pavillons à signaux et des chaussures jaunes d'une nuance beurre frais, définitivement démodées sur toute la surface de la terre.

Pour dîner avec Eliasar il avait revêtu un complet en molleton bleu et mis sur sa tête sa casquette de marine à galons dorés.

L'heure des liqueurs, nécessairement frelatées, n'attendrissait cependant point ces deux hommes qui savaient par expérience se méfier de l'alcool.

Entre chaque plat que « Céliné » apportait avec un respect accru par l'avis inattendu d'aller chercher du travail ailleurs, Eliasar avait confié au capitaine mille et une petites merveilles qui bridaient d'étonnement et de satisfaction les beaux yeux langoureux de l'irrésistible Espagnol.

— Virgen del Carmen Purisima ! J'ai toujours dit cé qué jé pensais de vous. On me racontait bien : « Cé pétit Eliasar n'est pas si intelligent qué vous lé croyiez. » Jé vous ai toujours défendu, mon ami, parce qué jé lé pensais.

Eliasar, qui n'avait pas besoin d'une telle approbation pour se sentir supérieur, buvait son whisky par petites gorgées gourmandes.

— C'est bien combiné, déclara-t-il, avec fatuité, la fin est un peu brutale, je l'avoue ; mais en considérant ce que je vous ai dit, vous comprenez que je ne peux guère choisir une autre solution. Toutefois réfléchissez, avec votre aide par exemple... ça ne durera pas longtemps.

— Naon, naon ! Cé né pas possible ! jé vous ai dit qué cé n'était pas possible !

— Vous réfléchirez ! Enfin vous êtes forcé d'avouer que l'aventure vaut la peine d'être tentée ?

— Ouais.

— Que les bénéfices sont certains... pour nous ?

— Ouais.

— Que les risques sont nuls, en dehors des risques communs à tous les navigateurs ?

— Ouais, ouais !

— Alors qu'est-ce qui vous arrête pour le petit coup de main que je vous demande... à la fin ?

— Ah, naon ! jé né peux pas ; jé suis capitaine à la mer, mais jé né veux me mêler de rien sur la terre ferme.

— Je n'insiste pas, mon vieux, il suffit que vous conduisiez le bâtiment, et, naturellement, suiviez mes conseils.

— Jé lé veux bien, mon cher ami. Jé vous faciliterai touté la besogne qu'un enfant la conduirait jusqu'au bout... Mais jé vous laisserai seul, le jour... Jé mé comprends.

— Ça ira tout de même !

Eliasar se souleva sur sa chaise, regarda le capitaine Heresa et levant son verre où la liqueur rutilait à la hauteur de ses yeux, il porta un toast à l'entreprise, à l'équipage, à la santé du capitaine et à la sienne.

— Céliné, Céliné! glapissait Heresa enthousiasmé, apportez, Mujer! du « Dom »! et de la Chartreuse. Allez chercher des cigares, en face, au bureau de tabac, des gros avec une bague brune.

— Et après?... dit encore Eliasar en arrondissant devant lui, dans un geste évocateur, un magot imaginaire qui semblait dépasser sa tête.

— Jé mé retire à la campagne, avec uné pétité poule !

Eliasar prit un cigare dans la boîte que la servante venait de déposer sur la table. Il se servit un verre de chartreuse et but d'un trait.

— Hé, mon vieux, si vous avez des bouteilles comme celle-là dans votre cave, ne les passez pas à votre successeur, Krühl vous les achètera.

— Jé les prendrai avec moi.

Eliasar avait retenu une chambre dans un hôtel de la rue Saint-Romain. Joaquin Heresa lui proposa de l'accompagner.

La rue des Charrettes était déserte. Les deux hommes marchaient sans se presser, dévisageant les rares passantes. Ils croisèrent des soldats anglais, des Australiens, le feutre relevé sur l'oreille. Une fille extrêmement jeune les accompagnait. Sous la clarté d'un bec de gaz, les boucles encadrant son pauvre petit visage d'alcoolique apparurent blondes, mais avec la somptuosité d'un métal précieux.

— Jé la connais, fit simplement Heresa.

Eliasar haussa les épaules.

— C'est bien entendu, dit-il en reprenant son idée, c'est bien entendu : A bord pas de complaisance pour moi. Vous êtes mon ami, c'est évident,

116

mais n'oubliez pas qu'avant tout vous êtes le capitaine.

— Bien sûr, répondit Heresa. Alors, c'est M. Krühl qui achète lé bateau ? J'aurais voulu voir le bâtiment avant de commencer. Il faudrait quelqué chose dé pas trop gros, trois à quatre cents tonneaux ; dix hommes d'équipage, sans compter lé cuisinier et mon sécond qué j'emmènerai.

— Ah, oui, le second ? Je n'y pensais pas. Etes-vous sûr de lui ? Faut-il le mettre dans la combinaison ?

— Ah, naon ! Jé lé connais, né vous occupez pas dé lui, c'est un bon matélot, mais pour cé qui nous regarde, c'est moins qué rien. Jé récruterai aussi mon équipage, dans lé genre qu'il faudra. Avec la guerre, jé né trouverai peut-être pas cé qué jé voudrais, mais au besoin jé changerai d'équipage en route ; car j'ai l'intention dé suivre les côtes jusqu'à Santander, à causé des périscopes ; nous traverserons l'Océan dans sa plus pétite largeur.

— Vous ferez comme vous le jugerez bon, mon vieux. Vous vous entendrez sur ce sujet avec Krühl, qui d'ailleurs ne connaît pas mieux que moi l'art de conduire un bateau. Maintenant, encore un mot. Je vous ai dépeint Krühl pendant le dîner. Il vaut la peine d'être étudié. Flattez sa manie, tout en sachant la combattre à l'occasion. Il ne faut pas toujours être de son avis. C'est la seule manière de garder sa confiance. Ah ! c'est un drôle de corps, vous pourrez en juger.

Eliasar était arrivé à son domicile. Il appuya sur le bouton de la sonnette, une fois, deux fois, sept ou huit fois sans impatience. La porte s'ouvrit et les deux hommes se souhaitèrent une bonne nuit.

Eliasar passa une semaine à Rouen, attendant que le capitaine Heresa, qu'il devait ramener avec lui, eût terminé quelques formalités avant de fermer sa boutique.

Le futur chirurgien de marine en profita pour faire des emplettes qu'il jugeait nécessaires. Il acheta une caisse de médicaments qu'il fit expédier en gare de Lorient, remonta sa garde-robe, car il avait le goût des vêtements et du beau linge, se procura par des miracles de diplomatie un pistolet automatique avec des munitions en suffisance.

Ces courses l'occupèrent assez pour ne pas lui laisser le temps de s'ennuyer. Il acheta également un ciré et des bottes sur les conseils de Joaquin Heresa qui, de son côté, ayant touché un mois d'avance sur son traitement, se hâta de rajeunir son stock de cravates et l'horrible collection de ses chemises roses.

Heresa méprisait l'élégance de Samuel Eliasar et en général se considérait comme le seul homme à peu près digne de rajeunir la réputation des Brummell et autres dandys, dont l'histoire doit avoir probablement conservé les noms.

— Il y a des tas dé choses qué nous achèterons en route, cé sera moins cher qu'ici.

Il s'occupa également de ses armes, enveloppa soigneusement son pistolet automatique, contrefaçon espagnole des brownings, et choisit dans sa collection de poignards deux superbes couteaux catalans, dont il regardait les lames avec une respectueuse sollicitude. Il fit cadeau d'un de ces coutelas à Samuel Eliasar. « Ténez, dit-il, c'est votre commission sur l'affaire. C'est uné lame très pure et aujourd'hui introuvable. Jé tuerais un taureau avec cette lame. Jé vous la donne, et jé suis sûr qu'elle vous portera bonheur. »

Son sourire dévoila l'insuffisance de sa dentition.

Eliasar regarda le couteau, une navaja, et le fit sauter à plat sur sa paume étalée. « C'est une belle arme, déclara-t-il, et elle est bien en main. Je vous remercie, mon vieux. »

Les valises bouclées, Heresa et Samuel Eliasar prirent le train pour la Bretagne.

Le voyage fut long et fastidieux. Les deux compagnons parlaient peu. Tous deux à une portière regardaient défiler le paysage, ou, les yeux clos, regardaient défiler leurs pensées.

Plus tard, Eliasar en avait la conviction absolue, les événements se souderaient patiemment les uns aux autres. Le fruit naturellement mûri devait se cueillir sans effort. Il sentait confusément que son invraisemblable audace connaîtrait cette fois la satisfaction d'un succès dont Heresa seul pourrait apprécier l'excellence. La présence de ce compagnon lui donnait le courage nécessaire. Il se sentait moins seul et savait que son énergie ne faillirait pas devant ce témoin. Eliasar était fétichiste. Aussi remarqua-t-il la fréquence du chiffre 7, d'abord sur les portières de son wagon et sur les disques que la marche du train semblait entraîner avec les poteaux télégraphiques et les arbres dans une chute vertigineuse.

X

L'ANGE-DU-NORD

— N'avais-je pas raison, madame Plœdac, n'avais-je pas raison quand je vous disais que Krühl avait le cerveau dérangé ? Cette fois-ci la réalité surpasse mes prévisions.

— Il faut du courage pour prendre la mer en ce moment, quand on est riche comme M. Krühl.

Désiré Pointe et madame Plœdac, en tête à tête dans la salle à manger, jugeaient les événements qui, depuis une semaine, bouleversaient les habitudes de leur petit monde.

Adrienne, les yeux écarquillés, atteinte de mutisme, considérait M. Krühl avec une stupéfaction attendrie.

Chez Marie-Anne, on discutait le projet dans ses moindres détails.

— Où donc qu'i trouveront un équipage ? demandait Palourde. De Lorient à Concarneau, je ne vois pas un matelot pour embarquer.

— I y'a tout de même du commerce à faire, opina Boutron, et puis tout est régulier. I y'a rien à dire, on leur a même donné un canon pour les sous-marins, dame oui.

— Oh ! un canon, fit Bébé-Salé.

— M. Krühl sait bien ce qu'il fait et M. Eliasar qui est si instruit, croyez-vous qu'il n'a pas son idée ? Je peux vous dire qu'ils vont chercher du papier. Il paraît que ça manque à Paris et que le papier se vend comme du bouquet. M. Krühl n'est pas un homme à partir comme ça. Et M. Eliasar, non plus, qui est si instruit.

— Pour ça, ils ont tous de l'instruction, approuva Bébé-Salé.

— C'est beau, l'instruction, déclara Palourde. A bord de leur bâtiment, ils seront tous instruits ; alors forcément dans ces conditions-là i'y a pas à lutter. C'est point des pêcheurs comme nous qu'auraient eu l'idée d'aller chercher du papier.

— Ah si ! Le fils à Mahurec aurait bien eu une idée comme ça. C'est vrai qu'il est second maître charpentier, maintenant, dit Bébé-Salé.

Tous trois se levèrent et Marie-Anne sortit devant la porte car M. Krühl passait en discutant avec Eliasar et le capitaine Heresa.

— Paraît que c'est un bon capitaine, fit Bébé-Salé en désignant Heresa d'un mouvement de tête.

— Sais-tu qui c'est qu'i me rappelle, dit Boutron, i'me rappelle Maillard, Maillard qu'était capitaine d'armes à bord de la *Danaé*. C'est-i pas la même gueule, dis, toi qu'étais avec moi. C'est-i pas lui tout craché, quand i se baladait dans la batterie avec ses deux mains croisées derrière le dos ?

— J'connais bien Maillard, répondit Bébé-Salé, je vois bien de quel Maillard tu veux dire. Il n'y ressemble pas.

Marie-Anne, les deux poings sur les hanches, contemplait le trio qui s'engageait sur la route de la sardinerie. Quand elle eut perdu de vue les trois associés, elle rentra dans le cabaret en hochant la tête, mais sans faire part de ses réflexions.

Bébé-Salé et Boutron discutaient âprement sur la personnalité de Maillard, sortant des dates précises, torturant leur mémoire avec une patience inlassable.

— Paraît, dit Palourde, que M. Krühl a acheté à Lorient un petit bâtiment de trois cents tonneaux.

— C'est pas beaucoup pour faire du commerce, opina Bébé-Salé.

— C'est pas beaucoup, c'est pas beaucoup, riposta Boutron. Toi, qu'es plus malin que les autres, veux-tu me dire si tu pourrais trouver un bâtiment par le temps qui court?

— C'est pas commode, dame non.

— Je le connais, le bateau de M. Krühl, c'est un brick-goélette, tu l'as vu aussi : l'*Elisabeth-Poulmier.*

— Ah! c'est l'*Elisabeth,* alors je retire ce que j'ai dit, parce que tu sais, un bâtiment comme celui-là pour prendre le vent de près, j'en connais pas beaucoup sur la Côte. Bien sûr, l'*Elisabeth.* Je vois bien ce que c'est que l'*Elisabeth.* Ah! oui, c'est un bateau. Y'avait Trublé de Concarneau qui voulait l'acheter pour faire la pêche au large. Combien qu'il l'a payé, M. Krühl?

— T'en fais pas pour le prix. Celui qui l'a vendu n'a pas dû le donner. Sans compter que l'Etat achète tout en ce moment.

— C'est pourtant vrai.

Jusqu'au soir, Bébé-Salé, Boutron et le fils Palourde discoururent minutieusement sur les mérites comparatifs des bateaux à vendre, en vérité assez rares, sur la Côte.

Entraînés par le sujet, qui intéressait leur compétence, ils énumérèrent les qualités de tous les bateaux qu'ils avaient connus avec une sûreté de mémoire prodigieuse.

— C'est-i vrai, dit Boutron brusquement en s'adressant à Bébé-Salé. C'est-i vrai ce qu'on dit, que tu vas embarquer avec M. Krühl ? Tu sais comment je te dis ça, mais on en cause.

— Et si ça serait vrai, fit Bébé-Salé en retirant sa pipe de sa bouche sans dents.

— Vieille noix, t'es pu bon à rien. Qué qu'tu feras à bord, t'as pas seulement la force de hisser une trinquette.

— M. Krühl l'emmène pour jouer de l'accordéon, ricana Palourde.

— Ça serait pas toi, tout de même, qui m'empê-cherais de jouer de l'accordéon, riposta Bébé-Salé, piqué à l'endroit sensible.

— Tu n'es qu'une vieille noix, répéta Palourde et, se levant, il se mit à danser, en pinçant les touches d'un accordéon imaginaire.

— Ça serait pas toi, tout, tout d'même, bégayait Bébé-Salé, pâle de fureur.

Boutron ricanait, encourageant Palourde.

— T'entends, cria Bébé-Salé.

O ! n'eo ket brao, n'eo ket brao, paotred
Da c'hoari koukou, da c'hoari merc'hed.

chantait Palourde en se tortillant.

Bébé-Salé prit une bouteille et la lança à la tête de Palourde qui sut l'éviter. La bouteille se fracassa contre le mur.

Les trois hommes debout et silencieux se regar-daient, les mains hésitantes.

— Ah ! vous n'allez pas vous battre, tout de

même, glapit Marie-Anne. Vous n'allez pas vous battre !

— Oh ! gast ! grogna Palourde.

D'une détente sèche du bras droit il repoussa Marie-Anne qui s'écroula dans une rangée de tabourets. Il se rapprocha de son agresseur dont les lèvres bleues tremblaient convulsivement.

— Si j'te dis rien, t'entends, Bébé-Salé ? Si j'te dis rien, t'entends bien, Bébé-Salé ? c'est qu't'es trop vieux, dame oui.

Le capitaine Heresa ne resta que quelques jours chez madame Plœdac (il partageait la chambre d'Eliasar). Krühl le rejoignit ensuite après avoir fait ses adieux à Pointe.

Eliasar partit le dernier.

— Je te rapporterai un collier de corail, promit-il à Marie-Anne.

— Vous dites cela, monsieur Samuel, mais vous ne reviendrez peut-être jamais chez nous.

— Dès son arrivée à Lorient, le capitaine Heresa se hâta d'examiner *son* bâtiment. Il l'inspecta avec un soin minutieux ; aucun détail n'échappa à sa vigilance.

— Vous n'avez pas été volé, monsieur. Cé bateau est bien compris, jé vous en donne ma parole. Je n'aurais pas fait mieux.

En effet, le brick-goélette, fraîchement repeint en noir et blanc, avec son grand mât gréé en goélette et son mât de misaine carré, semblait plus un yacht de plaisance qu'un navire marchand chargé prosaïquement de faire du commerce pour le compte d'une grande maison d'édition de Paris.

— C'est un bateau célèbre sur la Côte, fit Krühl, satisfait du compliment du capitaine Heresa, l'ancien *Elisabeth-Poulmier*. Je l'ai débaptisé. Il s'appelle maintenant l'*Ange-du-Nord*.

Bébé-Salé était venu rejoindre Krühl. Il embarquait en qualité de cuisinier.

L'équipage fut difficile à recruter, malgré les relations du capitaine Heresa, qui fit venir de Rouen trois matelots suédois habiles à la manœuvre de la voile.

— Jé connais bien des chauffeurs, disait-il, jé connais aussi des mécaniciens, mais cé né pas cé qu'il nous faut.

— J'ai choisi un navire à voiles parce que je craignais des difficultés pour m'approvisionner en charbon, répondait Krühl.

— Jé né vous lé reproche pas.

Au milieu des préparatifs d'embarquement, le second du capitaine Heresa fit son apparition. Il s'appelait Gornedouin et avait été amputé du bras gauche, à la suite d'une mauvaise piqûre de mouche, disait-il.

M. Gornedouin, pour sa part, recruta deux matelots, un mulâtre de la Jamaïque, nommé Powler et un nègre d'une force herculéenne que l'on appelait Fernand. Avec les trois matelots suédois : Peter Lâffe, Conrad et Dannolt, l'équipage comptait cinq hommes, munis de leurs papiers en règle, et qui signèrent leur engagement pour la durée de l'expédition.

Il manquait encore cinq hommes, car Bébé-Salé, que son âge éloignait d'ailleurs des manœuvres de force, ne pouvait prétendre à d'autre emploi que celui assez absorbant de cuisinier. Il devait s'occuper de l'équipage et des officiers, aidé, quand les circonstances le permettraient, par le mulâtre.

— Où trouver ces cinq hommes? répétait Krühl en se grattant la tête.

En quête de renseignements, il allait de l'un à l'autre, fouillait les petits cafés et donnait de la tête à droite et à gauche comme un hanneton dans une lanterne.

— J'ai trouvé encore cinq hommes, dit le capitaine Heresa. Mais ces hommes sont des Espagnols qui veulent bien nous conduire jusqu'à Santander pour sé faire rapatrier. Ils né veulent pas aller plus loin. Ça né fait rien. A Santander j'aurai plus dé facilités pour récruter lé reste de l'équipage.

— Ça nous éloigne, risqua Joseph Krühl.

— J'aimé mieux suivre les côtes, c'est plus prudent, à causé des sous-marins. En prenant ensuite par les îles Canaries, nous aurons la chance de traverser l'Atlantique dans sa plus pétite largeur, tout en suivant uné route peu fréquentée. Jé suis partisan du moins de risques possibles. Comprenez-vous?

— Vous avez raison. Alors vous pensez qu'à Santander nous pourrons trouver les hommes dont nous avons besoin?

— Ah ouais, j'en suis certain. Jé connais beaucoup d'amis et personne n'est en guerre là-bas.

— D'ailleurs, capitaine, vous avez la responsabilité du navire. Vous connaissez notre but commun. Vous êtes libre d'agir selon votre expérience, en ce qui concerne la bonne conduite du bateau. Je ne me permettrais pas d'aller contre vos désirs, surtout quand ils révèlent un tel souci de prudence.

— La prudence la plus élémentaire, interrompit

Eliasar qui écoutait nonchalamment, serait de reprendre le train pour l'hôtel Plœdac.

— Mon petit ami, fit Krühl, faites-nous grâce de votre pessimisme facile. Dans quelques mois vous changerez d'avis et serez le premier à me féliciter. J'aurais mauvaise grâce d'insister.

— Oh mais, je ne demande pas mieux, répondit Eliasar en souriant. Toutefois, mon cher Krühl, si je ne suis pas un « chirurgien » — puisque c'est mon titre sur le rôle de l'équipage — d'une gaieté très communicative, soyez assuré que vous me trouverez toujours à vos côtés quand vous aurez besoin de moi, quelle que soit la situation.

— Ne vous emballez pas, dit Krühl affectueusement.

— Vous avez peur des sous-marins? demanda Heresa.

— Peur des sous-marins? Je ne pense pas.

— Vous n'avez jamais pris la mer dans ces conditions, voilà tout ; vous regrettez les grands paquebots et leur confort.

— C'est pourtant là qu'est le danger, s'écria Heresa.

Il fallut encore quelques jours pour achever l'arrimage que le lieutenant Gornedouin dirigea avec une rare compétence. Sous sa surveillance, on embarqua des vivres, des outils, des articles de Paris (une idée de Krühl). Le petit bâtiment, bien pourvu de vivres et de munitions, pouvait tenir la mer longtemps et envisager, sans les craindre, les plus fâcheuses infortunes qu'un voilier puisse redouter.

— Nous naviguons sous pavillon français? demanda Eliasar.

— Naturellement, répondit Krühl.

— Si vous n'avez plus rien à faire, dit le capitaine

Heresa, nous partirons demain dans la matinée, vers dix heures.

— C'est entendu.

Chacun se dispersa pour régler des affaires personnelles. On devait se retrouver devant une table préparée selon les désirs de Krühl qui voulait boire dignement au succès de l'entreprise.

Eliasar et le capitaine arrivèrent les premiers au rendez-vous. Ils s'attablèrent en attendant le Hollandais.

— Alors, dit Eliasar, rompant le premier le silence, l'*Ange-du-Nord* vaut quelque chose ?

— C'est un bon bâtiment, vous pouvez me croire.

— Ah, fit simplement Eliasar, puis il ajouta après un moment de réflexion : « Ça m'épate que cet idiot-là soit arrivé à dénicher tout seul cette occasion. J'avais peur qu'il ne se fasse rouler en achetant un sabot tout au plus bon à faire du feu. Il a de la veine. »

— Alors, c'est entendu, jé né mé générai pas pour vous engueuler, quand il lé faudra ?

— N'allez pas trop loin, mon gros. Il ne faut rien exagérer.

— Jé suis dé votre avis.

— Parce que ce gars-là n'est tout de même pas bête. Il faut le comprendre. Vous lui avez tapé dans l'œil, c'est une chance. Vous a-t-il montré les documents ?

— Naon ! il veut me les montrer quand nous aurons pris la mer.

— Bon, arrangez-vous pour mettre tout au point. Vous pouvez y aller. En dehors de la connaissance parfaite de la vie des pirates les moins intéressants, il est comme moi, c'est-à-dire qu'il n'est pas fichu de reconnaître l'étoile polaire entre toutes les autres.

— Ce n'est pas son métier.

— Et heureusement !

Eliasar soupira.

Les deux hommes, plongés dans leur réflexion, se turent.

Peu à peu, le grand café s'emplissait de monde : des officiers de marine en civil et en uniforme. Une jeune femme traversa la salle, se regarda dans une glace et disparut en adressant un sourire à Eliasar.

— Vous la connaissez ? demanda Heresa.

— C'est Gaby, je l'ai connue ici il y a une huitaine de jours. Pas très intelligente.

— Elle est bien habillée. Comment peut-elle se débrouiller dans cé patélin ?

— Oh, répondit Eliasar en hochant la tête, faut pas vous frapper, mon vieux, une femme sérieuse peut mettre de l'argent à gauche. La guerre a desserré le cordon de bien des bourses. A propos, Krühl vous a-t-il fait signer la charte-partie ?

— Qui parle de charte-partie ?

Eliasar se retourna brusquement, sans pouvoir maîtriser un frisson qui lui secoua les épaules.

Krühl, jovial et son éternelle casquette enfoncée jusqu'aux oreilles, se tenait derrière lui. Il était entré sans être vu par ses deux associés.

— Il parle de charte-partie, s'esclaffa Krühl, sans connaître la valeur de ce mot. Une charte-partie, mon cher, c'est un contrat commercial entre un armateur et un capitaine, et plus souvent un traité passé entre gentilshommes de fortune pour régler les conditions de leur association, leurs parts de prise, etc.

— Et puis, fit Eliasar agressif.

— Et puis ? N'employez jamais des mots dont vous ne connaissez pas le sens.

Et Krühl se retourna pour accrocher sa casquette à une patère.

Eliasar le regarda en secouant la tête, se retourna vers le capitaine Heresa et, se frappant le front avec un doigt, il leva les yeux vers le plafond de la salle. Toute sa figure reflétait une expression de commisération infinie.

DEUXIÈME PARTIE

XI

VERS L'AVENTURE

L'*Ange-du-Nord* appareilla devant quelques oisifs, au milieu des coups de sifflet du lieutenant Gornedouin.

Grâce à sa voilure, il prit le vent de très près et gagna la pleine mer avec l'aisance, la désinvolture d'un bâtiment qui s'y connaît et constate avec plaisir que sa forme est toujours parfaite.

Un cortège de mouettes enrouées escortèrent l'élégant voilier, comme des gamins qui attendent des dragées en criant : « Parrain marraine » derrière un récent baptisé.

— Voilà la mer, la mer ! chantait Krühl.

Gornedouin, Eliasar, Krühl et le capitaine occupaient à l'arrière du bâtiment quatre petites cabines qui donnaient sur un salon carré servant en même temps de salle à manger.

L'avant était occupé par l'équipage et la cuisine de Bébé-Salé. Une petite cabine tenait lieu de Sainte-Barbe. Krühl y fit embarquer quelques carabines à chargeurs, des munitions pour les carabines et le canon qu'il avait reçu pour se défendre contre les sous-marins. Bébé-Salé, ayant servi sur la *Danaé* en qualité de canonnier breveté, devait s'occuper tout spécialement de l'artillerie du bord. Il en tirait d'ailleurs une immense vanité.

Les cabines étaient meublées avec une grande simplicité. Samuel Eliasar aménagea sa pharmacie et piqua contre la cloison, avec des punaises, des gravures découpées dans un grand illustré. Ces gravures représentaient, dans l'ensemble, des jeunes femmes vêtues selon le goût du jour et déposant, aux pieds d'aviateurs à longues jambes, leur amour personnifié par un jeune polisson nu et grassouillet.

Tout en procédant à ces embellissements, Eliasar sifflait de contentement. Maintenant que le vin était tiré, il s'apprêtait à le boire, sinon avec joie, du moins avec gaieté.

A l'encontre de Joseph Krühl qui pestait contre l'exiguïté de sa cabine, Eliasar considérait la sienne comme un petit coin confortable dont la petitesse même lui donnait une réconfortante impression de sécurité.

Il frissonnait de bien-être, allongé sur sa couchette. Il regardait par son hublot le ciel extrêmement pur et roulait des cigarettes tout en écoutant les pas sourds des matelots qui couraient sur le pont.

Le printemps naissant lui apportait une allégresse discrète qui le ravissait comme un parfum distingué.

L'*Ange-du-Nord* gonflait toutes ses voiles dans ce beau ciel paisible et la vie se dégustait lentement, sans effort, sans complications, avec une facilité dont Eliasar s'amusait en se laissant choir dans une paresse divine.

Il souriait en entendant Krühl s'agiter sur le pont, descendre l'escalier, ouvrir sa porte, la refermer, avec le capitaine Heresa sur ses talons.

Eliasar se sentait tellement supérieur, qu'une

indulgence ingénue adoucissait sa figure, un peu rosissante sous l'inspiration d'une pensée gracieuse.

Il s'étira, allongea tous ses muscles, ravi de constater que les rouages de son corps, en apparence débile, fonctionnaient admirablement, comme les pièces essentielles de cet excellent brick-goélette dont les voiles courageuses les emportaient tous vers l'aventure.

— Ah! soupira Eliasar, dont la pensée venait d'effleurer le but qu'il poursuivait, je voudrais que cette journée durât éternellement.

Il chassa toute précision de son esprit. Ne s'était-il pas donné congé. L'ampleur du résultat, conçu avec netteté, exigeait qu'il se reposât, le plus longtemps possible, en se laissant bercer au rythme merveilleux du bateau fortuné.

Un bruit de voix tira Eliasar de sa somnolence.

— Venez dans ma cabine, disait Krühl au capitaine Heresa, je vous ferai voir la chose en question. Eliasar a dû vous en donner l'explication?

— Ouais, mais j'ai besoin d'examiner la carte, vous lé comprénez. Faut-il réveiller le docteur?

Pour l'équipage il avait été entendu que Samuel Eliasar serait le docteur. Le capitaine Heresa, pour le maintien de la discipline, préférait assigner à chacun une fonction et un grade. Krühl seul, M. Krühl, naviguait en qualité d'armateur.

— Ah bah! Ce n'est pas la peine, capitaine. Le jeune Eliasar dort en ce moment comme un loir. D'ailleurs il est tout à fait au courant de la question. Passez donc.

La porte se referma.

Eliasar se leva d'un bond, trempa le coin de sa serviette dans son pot à eau et se lava les tempes; il refit ensuite sa raie soigneusement et se coiffa de sa casquette.

— Bon, Krühl est en train de mettre Heresa au courant, si j'allais voir cela.

Il sortit de sa cabine et frappa à la porte de Krühl.

— Entrez !... Ah ! vous voilà, jeune roupilleur. Je ne voulais pas vous réveiller, mais puisque vous êtes venu, prenez un siège et faites-nous grâce de vos réflexions décourageantes.

Le capitaine ricana :

— C'est lé mal dé mer qui inquiète notre docteur, jé crois bien.

— Non ! Non, capitaine. Le docteur ne craint pas le mal de mer. Le docteur se moque du mal de mer ; le docteur est enchanté d'être à bord de l'*Ange-du-Nord* et se félicite particulièrement de cette première journée de printemps. En résumé, le docteur déclare que les auspices sont favorables.

— C'est ainsi qu'on doit parler, déclara Krühl.

Puis il étala sur la table le petit volume relié en parchemin et les épreuves photographiques des pages de ce volume.

— Vous l'avez photographié, fit le capitaine. Vous avez bien fait. C'est plus net.

Il regarda attentivement l'épreuve, l'étudia avec une attention scrupuleuse.

— C'est bien, disait-il, c'est bien, Mujer ! ça mé paraît tout à fait sérieux... ouais... ouais... nous allons étudier céla avec les cartes. Tout d'abord jé vais consulter le *Findlay*.

Il sortit et revint aussitôt portant un gros livre sous son bras. Il feuilleta, consulta ses cartes, examina le livre relié en parchemin, revint à ses cartes, tenant toujours dans la main la photographie de l'île où le trésor d'Edward Low était enclos.

138

— Ah ! Purisima ! Jé né vois pas jé né vois pas. La latitude, la longitude qui semblent indiquées au verso de la carte, manquent de précision dans les minutes, tout au moins pour la longitude. Cé né pas une pétite affaire. Cé qué jé peux vous affirmer c'est qué cé n'est pas l'île de la Tortue, au nord de San-Domingo. Jé connais l'île de la Tortue, cé n'est pas sa forme, et cé n'est pas précisément sa situation géographique. Mais, monsieur Krühl, jé peux vous affirmer aussi qué cette île doit se trouver dans les pétites Antilles. En suivant la route indiquée ici au bas de cette page, on doit trouver la pie au nid. Le *Findlay* né mentionne pas une île de cette forme dans ces parages. C'est une chance, voyez-vous, une vraie chance, car céla prouve qué lé terrain qué nous allons explorer est encore vierge. Donnez-moi, monsieur Krühl, les épreuves dé cé volume, jé vais étudier chaqué soir la question. C'est du travail, mais céla vaut la peine d'être travaillé.

— J'allais vous le dire, capitaine. Nous avons besoin de vos lumières. Pensez-vous, sincèrement, aboutir ?

— Ah, mais oui, c'est à peu près sûr. J'ai retrouvé des épaves encore plus dissimulées qué cé trésor.

— Chut ! fit Eliasar en posant un doigt sur ses lèvres.

— Ah oui, c'est vrai, il ne faut pas prononcer cé mot.

— C'est pour l'équipage, ajouta Krühl en souriant.

Le voyage se poursuivit normalement, sans incident notable. L'*Ange-du-Nord* tenait bien la mer et méritait sa bonne réputation. Le capitaine Heresa se félicitait d'avoir à commander un tel bâtiment. L'équipage se comportait normalement. Les trois

139

Suédois connaissaient leur métier et témoignaient de la compétence du capitaine qui les avait embauchés.

Bébé-Salé, dans sa cuisine, se tirait assez bien d'affaire, aidé par le mulâtre Powler, dont l'arrogance et la vantardise déplaisaient on ne peut plus au vieux Breton. Powler savait confectionner des gâteaux : « On a tout pa la gueule, natuellement », affirmait-il, en supprimant soigneusement les *r.*

— C'est-i que tu crois que tout le monde est comme toi ? répondait Bébé-Salé, qui professait pour les mets sucrés un mépris non dissimulé.

Le second, M. Gornedouin, approuvait Bébé-Salé. En dehors de cette controverse culinaire, il ne s'intéressait qu'à la manœuvre du navire. A ses moments perdus, il scrutait l'océan avec ses jumelles à prismes, cherchant dans le clapotis des vagues, une faible égratignure sur l'eau, le sillage du périscope d'un sous-marin perpétrant un mauvais coup.

C'est ainsi qu'à la tombée de la nuit, le pavillon tricolore de la marine française hissé à la corne, l'*Ange-du-Nord* pénétra discrètement dans le port de Santander.

— Jé connais la ville, dit le capitaine Heresa. Laissez-moi m'occuper de toutés les formalités. Allez vous proméner avec lé docteur. Jé vous rétrouverai cé soir à l'hôtel, nous partirons démain.

— Demain ? C'est un peu court, si nous voulons trouver du fret ? répondit Krühl.

— Nous prendrons du fret aux Canaries, à Santa-Cruz. Les bons vins deviennent rares et nous pourrons en trouver chez uné personne qué jé connais.

Krühl et Samuel Eliasar se dirigèrent vers la ville,

un peu inquiets l'un et l'autre de cette longue journée à vivre lentement, au milieu d'une population indifférente. Les distractions qu'ils auraient pu choisir ne se révélaient pas.

— Vivement que le capitaine en finisse avec son équipage. Nous perdons du temps, ronchonna Eliasar, de très mauvaise humeur.

— Il faut tout de même lui permettre de recruter les cinq hommes qui nous manquent. Vous voyez, mon vieux, vous êtes comme moi maintenant. La fièvre vous travaille.

— Oui, je donnerais gros pour être sur le point de débarquer dans l'île. C'est agaçant de vivre ainsi dans l'incertitude.

— Il n'y a pas d'incertitude. Nous trouverons le trésor de Low, je n'ai aucun doute à ce sujet. Le capitaine est de mon avis. C'est un type épatant que ce capitaine. Vous m'avez rendu un grand service en me le faisant connaître.

— Il pleut ! répondit Eliasar.

La pluie commençait à tomber sur la ville que l'absence de soleil privait d'âme.

Les deux hommes relevèrent le col de leurs imperméables et se hâtèrent vers l'hôtel que Joaquin Heresa leur avait recommandé.

— J'ai bien envie de rentrer à bord, fit Eliasar en s'écroulant sur un mauvais fauteuil.

— Attendons Heresa.

Eliasar et Krühl restèrent sans parler, l'un devant l'autre, anéantis dans une veulerie stupéfiante en fumant d'excellents cigares.

La pluie battait les vitres et projetait sur les carreaux gris, couleur du temps, de grosses gouttes de vif-argent.

Eliasar regardait machinalement les gouttes se rejoindre, se mêler, et dégringoler rapidement.

Krühl s'évertuait à faire des ronds de fumée, le « cerveau en pâte », disait-il, attendant le retour du capitaine pour rassembler ses idées éparses, comme les morceaux mélangés d'une figure de puzzle.

— Je retiens Santander, grogna Samuel Eliasar avec amertume. Il est joli, le printemps précoce. De la flotte ! du vent !... Ecoutez ce vent !

— Aux Canaries, on se séchera un peu.

— Sur la neige, ricana le « docteur ».

— Vous n'êtes jamais content. D'abord, mon cher, nous ne sommes pas ici pour nous amuser. Et si nous n'éprouvons que des désagréments de cette nature, nous pourrons encore nous estimer heureux.

— Bien entendu, répondit Samuel. Je ne suis pas un idiot. Mais cette ville me tape sur les nerfs. Vous devez comprendre cela, c'est, je ne sais quoi... le besoin d'atteindre le but immédiatement.

— C'est l'appel de la mer, mon vieux.

Le pas sautillant du capitaine résonna dans le couloir.

— Ah le voilà ! s'écrièrent les deux hommes en se levant.

Le capitaine Heresa accrocha son caoutchouc ruisselant d'eau dans la salle de bains qui attenait à la chambre de Krühl.

— J'ai trouvé mon équipage, c'est parfait : cinq bons matélots connaissant leur métier commé dé petits anges, ah ! Virgen del Carmen ! Cé n'était pas encore facile. Je leur ai fait signer leur engagement. Vous les verrez démain. Ils rejoindront leur bâtiment à dix heures cé soir. Ouf !

Il s'allongea sur le canapé.

— J'ai trouvé des chémises en soie bleue, commé

lé ciel dé Cadix. Jé les mettrai quand nous serons à Caracas. Voulez-vous qué jé vous donne l'adresse ? Vous avez encore le temps d'aller en chercher.

— Je vous remercie, capitaine, répondit Krühl en souriant, car il se méfiait terriblement des goûts du capitaine Heresa.

— Tout est paré, maintenant, dit Eliasar. Ah ! mon cher capitaine, conduisez-nous vite à la source du Pactole.

— Pétit coquin ! Qué férez-vous dé touté cette galette ?

— Je ne sais pas... J'en ferai peut-être don à ma ville natale à charge d'instituer un prix, genre prix Montyon, pour récompenser la vertu.

Krühl et le capitaine Heresa partirent d'un puissant éclat de rire. Particulièrement, le capitaine qui, perdant la respiration, la figure inondée de larmes, agitait sa main languissante dans la direction d'Eliasar, pour lui imposer le silence, incapable de résister plus longtemps à cette crise d'hilarité.

— Il mé féra mourir, cé pétit cochon-là !

— A propos de cochon, s'exclama Krühl, il nous faut un goret, dressé à chercher les truffes.

— Ils sont tous dressés par la nature, répondit Eliasar, mais néanmoins, j'ai préféré faire embarquer des cochons du Périgord. Le capitaine Heresa s'est chargé de l'acquisition. Il ne vous l'a pas dit ?

— Mais si, mais si, fit le capitaine. Jé vous l'ai dit à Lorient, quand nous avons embarqué la vache et les poules. Vous n'avez pas fait attention. Nous avons cinq cochons à bord dé l'*Ange-du-Nord,* ceux qui né serviront pas séront mangés. Rien n'est perdu.

— Mais oui, mon Dieu, suis-je bête ! répondit Krühl en se frappant le front.

Le dîner terminé, le capitaine, Joseph Krühl et le

« docteur » regagnèrent l'*Ange-du-Nord,* dont le feu blanc s'apercevait dans la nuit.

Gornedouin, sa main dans sa poche, les attendait.

— Tout le monde est rentré ? demanda le capitaine. Les nouveaux aussi ?

— Oui, Monsieur, ils sont arrivés, j'ai pris leurs noms, et je les ai répartis, deux avec les tribordais, trois avec les bâbordais.

— Cé sont de bons matélots, monsieur Gornedouin, particulièrement Pablo, jé vous lé recommande. Rafaelito est un bon matélot aussi, jé l'ai eu déjà sous mes ordres, ainsi qué Manolo. Jé connais aussi l'Italien, il s'appelle Anselmo Carra. L'autre jé né lé connais pas, il sé nomme Perez, c'est un natif du Guatemala, mais jé suis sûr que c'est un bon matélot, parcé qué célui qui mé l'a indiqué connaît les hommes.

— Bonne nuit, monsieur Gornedouin.

— Bonne nuit, Monsieur.

— Vous me réveillerez démain pour l'appareillage.

Avant d'aller se coucher, Krühl, Eliasar et le capitaine fumèrent quelques pipes dans le salon.

— Jé suis content dé mon équipage, dit le capitaine. Avec ces hommes-là, j'irai au bout du monde. C'est tout cé qu'il y a dé plus fin, de plus comme il faut dans la navigation.

— Et puis l'équipage a de la « gueule », répondit Krühl ! Un mulâtre, un nègre, un Breton, un Italien, trois Espagnols et trois hommes du Nord, c'est d'une merveilleuse couleur locale, si l'on pense au but que nous poursuivons. Avec un tout petit effort d'imagination, je pourrais me croire transporté à bord du schooner : *Le Caprice.*

144

— *Le Caprice ?* interrogea Joaquin Heresa, jé né connais pas.

— C'était le navire que commandait Edward Low, répondit Krühl.

XII

L'ÉQUIPAGE DE FORTUNE

Il n'est pas nécessaire de recopier en détail les observations consignées sur le livre de bord du capitaine Heresa. De Santander à Santa-Cruz, dans la grande Canarie, l'*Ange-du-Nord,* son équipage et ses passagers se comportèrent décemment, à la satisfaction de Krühl et du capitaine.

Le temps s'était lui-même transformé. Un soleil encourageant brillait dans un ciel sans nuages où sa lumière se fondait paisiblement.

Laissant Madère à sa droite, l'*Ange-du-Nord,* toutes voiles dehors, poursuivait sa route, dans un effort élégant et presque insensible.

M. Krühl, Samuel Eliasar, le capitaine Heresa et le second fumaient à l'arrière, se laissant aller au bien-être de cette belle journée caressante. C'était dimanche. Bébé-Salé avait amené son accordéon avec lui sur le pont. Assis sur une pile de cordages, appuyé contre le grand mât, il jouait des airs plaintifs de la Bretagne.

Il chantait de cette voix de tête inimitable et monotone en s'accompagnant. Powler, le mulâtre, les bras croisés sur sa poitrine, écoutait en marquant la mesure avec ses pieds nus ; Fernand, le nègre, sa casquette de cricket enfoncée sur les yeux, sifflait.

— Donne, fit-il, en tendant ses longues mains délicatement plissées dans la direction de l'instrument.

— Donne-lui donc, fit Krühl, il ne te l'abîmera pas.

Bébé-Salé tendit l'accordéon au nègre, qui tout d'abord essaya quelques accords pour juger de la valeur et de la souplesse de l'instrument... Puis il éclata de rire, et lança ses jambes dans une gigue compliquée, rythmée par l'accordéon poussif. Essoufflé, il dut s'appuyer contre Bébé-Salé.

— Donne, fit celui-ci qui ne pensait qu'à reprendre l'accordéon qu'il venait de prêter.

Fernand le lui rendit et Bébé-Salé, après l'avoir examiné soigneusement sur toutes les coutures, reprit son chant monotone dont la plainte se mêlait au vent.

Il vente
C'est le vent de la mer qui nous tourmente.

— Dites donc, Krühl, fit Eliasar, et la mère Plœdac ?

Krühl, les traits durcis, ne répondit pas. La musique agissait sur lui, comme un alcool puissant, générateur d'images, d'énergie subite et aussi d'impitoyable amertume. L'accordéon de Bébé-Salé, en évoquant la Côte, le plongeait vivant, par association d'idées, dans un désordre de souvenirs bigarrés, où les châles somptueux de Manille permettaient d'entrevoir de belles épaules rondes, où les filles criaient pour le pur plaisir de crier, où les hommes perdaient leur sang dans un jet harmonieux et léger comme une trajectoire de fusée lumineuse, où personne ne retrouvait plus trace de ce qu'il avait pu connaître de bien et de bon dans son enfance.

— Une voile à bâbord, signala le lieutenant, dont l'unique main mettait au point des jumelles à prismes.

— C'est une barque dé pêche, dit le capitaine Heresa.

Krühl, un peu congestionné peut-être, mais le visage impassible, déclara : « On va rigoler. »

Il descendit dans sa cabine et remonta, tenant sous son bras un rouleau de papier gris.

— Viens, dit-il brusquement à un matelot.

L'homme s'approcha, c'était Peter Lâffe.

— Tiens, tu vas hisser immédiatement ce pavillon à la corne du grand mât, après avoir amené l'autre.

— Capitaine, ajouta-t-il en se tournant vers Heresa, avec votre permission, nous allons donner la chasse à ce bâtiment.

Le capitaine regarda Eliasar, qui haussa les épaules, en lui faisant signe d'accepter.

Un coup de sifflet, et tout l'équipage fut sur le pont.

— Mes amis, dit le capitaine Heresa, M. Krühl qué voici, vous démande de lui jurer fidélité. Nous allons donner la chasse à cé pétit bâtiment dont l'aspect est malhonnête. Nous lui démandérons cé qu'il fait. Et si c'est un bâtiment maudit comme jé lé pense, et qué la Purissime mé protège, nous lé visiterons. S'il fait dé la fraude, nous saisirons sa marchandise, et l'on partagéra la prise selon lé grade dé chacun, et pour les hommes dé l'équipage sélon leurs années de navigation. Jé vous demande dé pousser un hourra, pour M. Krühl, l'armateur de l'*Ange-du-Nord.*

Les hommes ne parurent pas surpris par cette

proposition, ils poussèrent un hourra puissant, en levant un bras en l'air.

— Monsieur Gornedouin, jé vous prie dé faire monter les mousquetons sur lé pont, trois chargeurs par arme. Lé canonnier à sa pièce, avec un homme pour l'aider. Faites exécuter.

M. Gornedouin s'inclina, les hommes se cramponnèrent aux manœuvres.

Pendant ce discours, M. Krühl avait développé son paquet. Il brandit triomphalement un pavillon de soie noire brodé d'une tête de mort en argent. Sous la tête de mort une autre broderie d'argent représentait deux tibias en croix de Saint-André.

— Hisse, dit-il au matelot.

L'homme, ayant amené le pavillon tricolore, hissa l'emblème des gentilshommes de fortune à la corne de l'*Ange-du-Nord.*

Bébé-Salé, écarquillant ses yeux clairs, béait devant cette opération.

— Monsieur Krühl, gémit-il d'une voix inquiète.

— Quoi? fit celui-ci. A ta pièce, mon vieux, à ta pièce.

Dannolt et Powler remontaient, portant chacun trois mousquetons et des boîtes de chargeurs qu'ils jetèrent sur le pont.

Bébé-Salé, immobile devant son canon, une petite pièce de 65 montée sur un affût à pivot, regardait le malheureux voilier dont il devait faire un but pour son adresse.

— Tu vas tirer un peu court, dit le capitaine Heresa, et puis tu resteras tranquille.

Bébé-Salé chargea sa pièce et sans attendre le commandement fit feu dans la direction de la barque de pêche.

150

Une gerbe blanche indiqua que le coup était, en effet, un peu court.

A bord du bâtiment, on pouvait voir les quatre hommes d'équipage s'agiter, faire des signes. Ils hissèrent enfin une manière de drapeau blanc.

A ce moment, l'*Ange-du-Nord* arrivait sur eux. D'un coup de barre donné à temps il élongea, en la frôlant presque, la barque de pêche.

Dans un éclair, Krühl put apercevoir des individus qui levaient les bras au ciel. Il entendit confusément un bourdonnement de voix rauques.

Un petit homme bedonnant, dont on ne voyait que les yeux blancs et la barbe noire, agitait un drapeau blanc.

— Laissez-les aller, s'écria Krühl, continuons notre route.

— Et l'équipage ? demanda Heresa.

— Quoi ? l'équipage.

— Ouais, pour la prise, cé qué vous avez promis ?

— Ah ! bon ! Dites que l'on distribuera une double ration de rhum ce soir.

— Mujer ! permettez-moi dé vous dire, Monsieur, qué vous en avez dé bonnes. Tout d'abord, jé vais faire amener ce pavillon d'enterrement.

Le capitaine Heresa prenant le quart de nuit avec les bâbordais, c'est-à-dire de minuit à quatre heures, se reposait dans sa cabine. M. Gornedouin arpentait le pont de long en large en donnant des conseils à Pablo qu'il avait l'intention de proposer à Joaquin Heresa en qualité de bossman.

On alluma les feux. Sous la lueur verte de tribord, le second paraissait livide.

A l'avant, les matelots honoraient par des chants appropriés la largesse de Krühl. Fernand distribuait les parts avec son boujaron.

Quand tout le monde fut servi, Fernand porta son gobelet à la hauteur de ses yeux et but à la santé des « frangins ».

On ne pouvait guère imaginer une physionomie plus franche que celle de ce nègre. Elle ne cachait pas la qualité de l'individu qui s'affirmait à première vue comme un scélérat de la plus basse espèce. Il avait vécu très longtemps à Paris. Ses nombreux avatars l'avaient même conduit sur le ring, en qualité de soigneur d'un boxeur de couleur qui connut en son temps quelque célébrité.

Fernand, de son long séjour dans la capitale où il avait vécu en ruffian, gardait un accent un peu grasseyant dont il était fier. Il connaissait également l'argot parisien dans ses formes les plus modernes et considérait cette connaissance comme l'expression la plus évidente de sa supériorité.

Il avait déjà su prendre de l'ascendant sur ses camarades qu'il dominait nettement par les seules ressources de son esprit éblouissant et de sa conversation imagée.

— Aux frangins ! dit-il en buvant son rhum.

Les Suédois, que l'alcool enthousiasmait, attaquèrent une chanson qui paraissait une traduction intégrale du fameux : « Halte-là, les montagnards sont là ! »

— Hé la ferme, avec vos cantiques ! commanda Fernand.

Les Suédois se turent, sauf un qui, s'apercevant qu'il chantait timidement seul, abandonna la partie.

— Dites donc, les gars, fit Fernand, les mains

passées dans sa ceinture. Qu'est-ce que vous dites de la prise ?

Les Espagnols ricanèrent.

— Mon avis, c'est que le mec me dégoûte, je parle du gros, de l'armateur à la manque. Ça n'a rien dans le ventre, ces grands types-là. J'en ai knockouté qui le doublaient. Moi je ne marche pas pour qu'on se paye ma pomme. Je suis franc et je veux qu'on « soye » franc. Si le gars veut jouer ce petit jeu-là, faudra qu'il casque. Vous avez vu ça, branle-bas de combat comme sur un croiseur de bataille. Et puis plus rien. Le mec a eu les foies, je vous le dis, et puis le capitaine aussi, sans compter le toubib à la manque. En voilà un à qui je conseille de ne pas l'ouvrir de trop quand je serai là.

— Ah quoi, quoi, interrompit Bébé-Salé, je connais M. Krühl. C'est un brave homme. S'il a fait attaquer cette barque, c'est que son cas n'était point clair, dame non. C'te barque-là, Fernand, ça d'vait servir à ravitailler les sous-marins. V'là pourquoi que M. Krühl m'a donné l'ordre de tirer dessus.

— T'as pu de rhum à la cambuse ? demanda le nègre.

— Ah dame non. Je n'touche jamais que la provision pour la journée.

— Ah oui, tu m'as l'air encore d'être dessalé, toi, répondit Fernand en haussant les épaules dans un geste de commisération infinie.

— Qu'est-ce que ça veut dire, tout ça ? fit Bébé-Salé.

— Moi, continua le nègre sans s'occuper du vieux Breton. Moi, je vous dis que tous les gars de l'arrière ont les flubes. Je l'ai bien vu.

— Les tribordais au quart deboute, deboute, deboute !

La voix du lieutenant résonna en haut de l'échelle ; les hommes se précipitèrent sur leur ciré, car il brumait. On entendit les lourdes bottes racler contre les barreaux de fer et des pas pesants marteler le pont.

— Dis donc, Bébé-Salé, t'es pas exempt de quart, ma vieille, dit Fernand en attrapant l'échelle.

Le capitaine Heresa, enveloppé dans son caoutchouc noir doublé de flanelle rouge, sifflait en arpentant le pont.

La lune inondait la mer de clarté et ses reflets traçaient sur les flots un sillage lumineux dans la plus belle tradition des cartes postales représentant un effet de lune sur la mer. Les voiles de misaine se découpaient en ombres chinoises dans la nuit étincelante.

— Qui a donné l'ordre d'allumer les feux ? demanda le capitaine à Pablo.

— C'est le lieutenant.

— Vous allez m'éteindre ces feux tout dé suite, Virgen del Carmen ! tout dé suite. Allumer des feux, à l'époque où nous vivons, pourquoi pas sonner du cor de chasse pour avertir qué nous sommes là.

Pablo éteignit les feux.

Le capitaine s'approcha du timonier, donna quelques ordres afin de rectifier la route.

— As-tu encore du rhum ? demanda-t-il à Bébé-Salé.

Et sur la réponse affirmative de ce dernier, il l'envoya remplir son gobelet.

L'homme à la barre chantait, et la lune glissait, elle aussi, « avec assoupissement et musique », semblant lutter de vitesse avec l'*Ange-du-Nord*.

Soudain, au milieu de cette félicité presque extatique, les voiles claquèrent subitement, le grand mât gémit, les amures de grand-voile cédèrent ; l'*Ange-du-Nord*, secoué d'un formidable frisson, stoppa.

Dans la cantine on entendit dégringoler une pile de casseroles, tandis que la voix de Bébé-Salé jurait des : « Bon Dieu de vingt dieux ! »

— Mujer, hurla le capitaine. C'est dé ta faute, cochon ! Nous avons fait chapelle [1].

Il secouait l'homme à la barre.

— Tu es encore soûl, soûl comme un cochon. Tout le monde à la manœuvre.

Il siffla.

Les hommes, mal réveillés par la secousse et les idées un peu obscurcies par la double ration de rhum, arrivaient en se bousculant.

— Monsieur Gornedouin, c'est cé cochon, qui nous a fait faire chapelle.

Krühl, Eliasar arrivaient à leur tour.

— Qu'est-ce qu'il y a, fit ce dernier en écarquillant les yeux.

— Tout lé monde à la manœuvre, glapissait Heresa, ah le salaud !

Toutes les voiles étaient masquées. Krühl et Eliasar joignirent leurs efforts à ceux de l'équipage.

Ils passèrent le reste de la nuit à s'abîmer les mains contre les cordages.

Enfin, l'*Ange-du-Nord* reprit sa course. On en était quitte à bon compte.

Heresa descendit prendre son bol de café dans le salon. Il était furieux.

— C'est votre rhum, s'écria-t-il en apercevant Krühl, c'est votre rhum, qui nous vaut cette avanie.

1. Un bâtiment fait chapelle lorsque les voiles, précédemment pleines, deviennent masquées sans qu'on le veuille.

Mujer, jé né veux plus dé ces histoires-là à bord. J'ai la charge dé cé navire et j'entends lé commander commé jé veux.

— Mais, capitaine, dit Krühl.

— Ouais, jé né suis pas content.

Il s'enferma dans sa cabine.

Krühl, déconfit, regardait Eliasar, qui ne put s'empêcher de rire devant la mine de son compagnon !

— Allons, mon vieux, ne pleurez pas. Le capitaine a raison. Votre histoire de pavillon noir était amusante au possible, mais n'oubliez pas que nous avons des projets sérieux à réaliser.

— C'est vrai, dit Krühl... Je vais aller faire des excuses au capitaine.

— Attendez, laissez-le cuver sa colère. Je le connais, dans dix minutes il n'y pensera plus.

En effet, au déjeuner, le capitaine Heresa fit son apparition avec un visage souriant et à peu près bien rasé. Il avait revêtu pour la circonstance une superbe chemise de soie bleue, achetée à Santander.

— Capitaine, dit Krühl loyalement, je vous prie de m'excuser pour l'histoire du pavillon noir.

— Ouais, ouais, sourit le capitaine. Plus dé peur qué dé mal. Jé suis content, car j'ai constaté qué mes hommes manœuvraient comme des amours.

— Les braves gens ! murmura Krühl.

Pour fêter la réconciliation, Bébé-Salé dut apporter le champagne. Une bouteille d'abord, puis deux, puis quatre. On entendit des bouchons sauter joyeusement et les exclamations de plus en plus enjouées des habitants de l'arrière.

Powler remonta avec une bouteille à moitié pleine qu'il dissimulait sous son maillot. Il appela Fernand.

Les deux hommes l'un après l'autre burent au goulot, à la régalade.

— Tu sais, toi, le vieux dab, faut la boucler, dit Fernand à Bébé-Salé qui traversait le pont avec la cafetière et les liqueurs.

XIII

C'EST LE VENT DE LA MER
QUI NOUS TOURMENTE

— Jé suis à peu près certain d'avoir répéré l'île en question, déclara le capitaine Heresa à Krühl, dont le visage s'empourpra de plaisir à cette nouvelle.

Eliasar, qui savait à quoi s'en tenir, pour avoir chaque nuit médité sur le document avec Heresa, félicita cependant le capitaine et manifesta un enthousiasme qui permit à l'imagination de Krühl d'envisager l'affaire comme heureusement terminée.

— Si le « toubib » s'emballe, s'exclama-t-il, c'est que les alouettes sont cuites.

En effet, Eliasar présentait, le plus souvent, un front buté et chagrin aux hypothèses les plus satisfaisantes du capitaine et de Krühl. Il n'osait pas trop contredire le capitaine, dont il appréciait la compétence, disait-il, mais il ne se gênait pas pour doucher savamment les espoirs les plus intimes du robuste Hollandais.

— Ne vous excitez pas, Krühl, répétait-il, alors que ce dernier croyait déjà toucher de la main le but de son voyage.

— Vous avez été couvé dans un appareil frigorifique, répondait Krühl.

— Né l'écoutez pas, intervenait le capitaine, né

l'écoutez pas, c'est lé mauvais cafard qui lé travaille touté la nuit. Jé né dis pas qué cé séra facile, mais il y a toutes les chances pour nous. Dans un mois nous saurons à quoi nous en ténir, et j'ai la conviction qué la source du Pactole, cé fleuve fabuleux, sé trouvera dans un ou plusieurs coffres en chêne avec des ferrures comme on n'en fait plus dé notré temps.

La cabine de Krühl était le lieu de rendez-vous choisi par les habitants de l'arrière pour se communiquer leurs impressions.

On y buvait frais et avec abondance, et l'on y dégustait quotidiennement les friandises confectionnées par les mains adroites du mulâtre.

— Ah ça c'est bon, Powler, s'écriait Krühl devant l'excellence de la pâtisserie.

Powler avait acquis de ce fait une prépondérance marquée sur Bébé-Salé qui, de dégoût et de fureur contenue, rendait un culte dévot au tonneau de tafia dont il avait la garde.

Fernand, le nègre, avait su s'attirer son amitié, tout simplement parce qu'il détestait, autant qu'une dent cariée, l'abominable sang-mêlé, détenteur de la faveur du grand patron.

— Tu verras, tu verras, disait Fernand à Bébé-Salé, tu verras comment qu'un beau jour je sonnerai la gueule à cette bourrique-là ! Et faut s'en méfier, je te le dis, père Bébé-Salé ; si l'on se laisse faire, ce dégoûtant nous aura la peau à tous. As-tu du rhum, mon père Bébé-Salé ?

Bébé-Salé, pour l'ordinaire, émettait quelques grognements et quelques « tu vas fort », timidement murmurés.

— Ah vieille brebis, ricanait Fernand, ne fais pas la vache, donne, donne-moi la bouteille, bloody pard !

Alors Bébé-Salé disparaissait dans sa cambuse et remontait sur le pont. Il jetait un coup d'œil méfiant vers l'arrière, et partageait fraternellement, et à la régalade, le contenu du flacon !

L'alcoolisme semblait la vertu la plus digne d'être pratiquée par l'équipage de l'*Ange-du-Nord*. Dans les conversations entre les matelots, qui presque tous parlaient français, sauf un Espagnol et le Suédois Dannolt, on ne remarquait que les mots « pinter, pintocher, gobelotter », et les expressions comme : « se noircir la gueule, s'en mettre plein la lampe », etc.

Gornedouin, le lieutenant, semblait le lien qui réunissait ce faisceau d'individus de races et de couleurs différentes. Il buvait avec l'équipage. Il buvait avec les habitants de l'arrière. C'était le truchement idéal pour interpréter les ordres du capitaine Heresa, peu communicatif.

Krühl arpentait le pont, s'intéressait à la marche du bâtiment et regardait les hommes de son équipage avec un sourire attendri. « Quels braves gens ! » disait-il au capitaine. Cet excellent homme était ainsi fait qu'il eût trouvé l'enfer peuplé d'estimables créatures et que la vision d'un diable harcelant un damné n'eût laissé dans son cerveau qu'une impression de cordialité, peut-être un peu brutale.

Il faisait maintenant très chaud et le bateau sentait la peinture chauffée par le soleil. Le voyage allait se terminer sans incidents, à la grande joie de Gornedouin et d'Eliasar, qui, l'un à tribord, l'autre à bâbord, se fatiguaient les yeux à guetter le sillage révélateur d'un sous-marin en chasse.

Heresa ne manquait jamais de plaisanter Eliasar sur sa peur des sous-marins. Il en résultait un échange de propos souvent dépourvus d'aménité.

Ceci n'empêchait pas Eliasar de fumer pendant de longues soirées dans la cabine du capitaine, en l'absence de Krühl, couché et dormant à poings fermés.

— Quand vous aurez trouvé l'île, disait Eliasar, vous m'avertirez, nous débarquerons et alors... Vous ne marchez toujours pas ?

— Naon ! jé vous préparerai tout lé travail, jé n'ai qu'uné parole !

Eliasar se mordait les lèvres et se promenait de long en large dans la cabine d'Heresa, impassible.

— Bon Dieu ! bon Dieu ! soupirait-il.

Le lendemain, dans la cabine de Joseph Krühl, occupé à se faire la barbe, le capitaine Heresa, plus soucieux que jamais, se plaignait avec amertume de la veulerie et du pessimisme d'Eliasar.

— Il est évident que le gars n'est pas très encourageant, opinait Krühl. J'aurais dû le laisser à terre avec une somme d'argent à valoir sur sa part. Cependant, vous savez, Heresa, il ne faut pas exagérer, c'est un bon petit gars dans le fond.

Heresa parti pour prendre son quart, Eliasar, la démarche nonchalante, pénétrait à son tour dans la cabine de Krühl.

— Heresa vient de sortir d'ici, geignait-il. Quelle barbe que ce bonhomme-là. Ah le cochon. Il m'a bourré le crâne toute la soirée d'hier avec ses bonnes fortunes, son élégance et les avantages physiques dont la nature l'a gratifié. Et notez que le bougre est vilain comme il n'est pas permis de l'être ; si j'avais hérité de la cinquième partie de ce qu'il nomme sa beauté, je vous assure, mon cher Krühl, que je passerais mon existence dans une cave à étudier les mœurs et les manies conjugales des champignons de couche.

Un soir que le capitaine Heresa était de quart avec les tribordais, Bébé-Salé, débarrassé de son coadjuteur Powler, frappa timidement à la porte de la cabine de Krühl. Eliasar justement se trouvait là, jouant une partie d'échecs avec le Hollandais.

— Entrez, cria Krühl.

Bébé-Salé, roulant timidement sa casquette de marine entre ses doigts crevassés, fit quelques pas dans la direction de M. Krühl, qui, le nez sur l'échiquier, prêt à pousser son fou, demanda :

— Qu'y a-t-il ?

Toute l'assurance de Bébé-Salé tomba devant cette simple question. Il ânonna.

— Allons, quoi, fit Krühl, qui, cette fois leva la tête.

— Il y a, monsieur Krühl, que M. le capitaine, M. le capitaine, le capitaine...

— Veux-tu un peigne ? ricana Eliasar.

— Je voulais dire que M. le capitaine Heresa boit avec les hommes de l'équipage, dame oui.

Krühl se leva d'un bond en bousculant les pièces sur l'échiquier.

— Quoi, quoi ? hurla-t-il, rouge de fureur, qu'est-ce que c'est encore que cette histoire-là, Bébé-Salé ? Veux-tu me foutre le camp tout de suite à la cambuse ! Bouh, bouh, peuh !

Bébé-Salé n'avait pas attendu la fin de la phrase pour regrimper résolument l'escalier. On entendit ses pieds nus heurter les marches. Il courait de toute la vitesse de ses vieilles jambes.

— Ah, par exemple ! bégaya encore Krühl, bien que le malheureux eût disparu.

— Il y a une bande de salauds dans votre équipage, déclara Eliasar, c'est une affaire certaine. Un de ces jours nous aurons des histoires avec ces gens-là.

— Bouh! bouh! peuh! avec un verre de rhum on en fait ce que l'on veut.

— Alors, c'est à vous de jouer, répondit Eliasar.

Une nuit, Eliasar prit le quart avec le capitaine Heresa.

Les deux hommes, appuyés contre les porte-haubans, humaient avec délicatesse la brise de terre, si précieuse, si ténue.

— Nous serons demain à Caracas, dit Joaquin Heresa.

Eliasar, les mains dans la ceinture de son pantalon, fit jouer sa cigarette sur le bout de sa langue.

— Le grand bisiness va commencer, dit-il. Nous descendrons dans la première île déserte que nous rencontrerons en laissant les grandes Antilles à notre droite. C'est à vous de choisir notre point de débarquement. L'île, ne l'oubliez pas, doit ressembler un peu à celle que j'ai dessinée pour le fameux document. A propos, en avez-vous une épreuve sur vous?

— Ouais, j'ai une épreuve. Jé la régarde tous les jours. Notez bien, mon cher ami, que toutes les îles sé ressemblent, quand on les regarde dé loin. Sentez-vous la terre? Purissima!

Eliasar dilata ses narines.

— C'est le ciel de Caracas, là-bas, à l'horizon. Krühl va devenir fou. Il ira voir les belles filles, pendant ce temps-là je préparerai mon plan d'attaque.

— Vous savez qu'il doit achéter des perles fines à

Caracas. Jé dois lé mettre en rélation avec un lapidaire hollandais qué jé connais dépuis très longtemps.

— Oui, je sais cela. Il possède, d'ailleurs, sur lui, des diamants taillés pour plusieurs centaines de mille francs, un véritable trésor.

— Le véritable trésor, répondit le capitaine en éclatant d'un rire sonore qui fit sursauter le timonier penché sur la roue du gouvernail.

Eliasar daigna sourire.

— Quand nous aurons débarqué à Caracas, je vous inviterai à dîner quelque part dans un bouge, un palace, où vous voudrez. La condition essentielle est de trouver un coin où nous puissions causer librement. Vous pensez que la pièce doit être montée et sue dans la perfection par tous les acteurs. Il ne faut pas de panne dans le détail. La descente à terre, dans l'île que nous aurons choisie, doit être réglée comme un ballet russe.

— Croyez-vous, suggéra le capitaine Heresa en regardant Eliasar droit dans les yeux, croyez-vous qu'un accident par exemple...

Eliasar, sans lever la tête, répondit :

— Un accident... ma foi... on pourrait essayer, mais il ne faudrait pas que l'équipage se doutât de la moindre chose.

— L'équipage ? C'est tout lé gratin des meilleurs garçons du monde. On né peut pas trouver mieux qué l'équipage dé l'*Ange-du-Nord.* Et lé lieutenant Gornedouin, n'est-il pas un homme vraiment gentil ?

— C'est une brute, répondit Eliasar. Puis il ajouta : Votre équipage boit de trop, mon vieux. Que nous, à l'arrière, passions nos nuits à vider des bouteilles de champagne en écoutant les divagations de « Bouh-Bouh-Peuh », notre gentilhomme de fortune à la noix, c'est en somme naturel et peu dangereux, pour la marche de nos affaires, mais que les Powler, Fernand, Manolo et autres Gornedouin de l'enfer ne dessoûlent pas du matin jusqu'au soir, grâce aux libéralités de cet idiot de Krühl qui trouve cela très couleur locale, me paraît plus dangereux pour nous que vous ne semblez le supposer. Tenez...

Des vociférations interrompirent Eliasar. Les cris partaient de l'avant. Une gamelle rebondit sur les marches, puis le panneau s'ouvrit, laissant passer la courte silhouette de Bébé-Salé qui se dirigeait péniblement vers la cambuse.

On entendait la voix du mulâtre : « Donne-moi le tako, Bébé-Salé. Allons, père Bébé-Salé, un petit coup de tako. »

La silhouette de Bébé-Salé boucha de nouveau le panneau qui se referma sur lui. Il y eut un silence. Puis le gémissement de l'accordéon de Bébé-Salé accompagna les voix étouffées des hommes qui chantaient la vieille chanson de la Côte :

> *Il ne garda que son couteau,*
> *Son garde-pipe et son chapeau.*
> *Il vente,*
> *C'est le vent de la mer qui nous tourmente.*

— Krühl a fait distribuer double ration de rhum, dit Eliasar.

— Ouais, c'est embêtant. Mais cet équipage n'est pas sans méfiance, répondit Heresa. Vous pensez bien qué ces hommes sont tous des chercheurs d'aventures. En les menant durement nous n'en ferons rien. J'aurais préféré qué Krühl né donnât pas cette habitude dé doubler à tout propos la ration réglementaire. Lé mal est fait dépuis la malencon-

166

treuse idée de hisser lé drapeau noir à la corne dé l'*Ange-du-Nord*. Heureusément qué j'ai Gornédouin et les hommes dans la main. Car tous ils savent qué...

Il tira son pistolet automatique, le montra à Eliasar et le remit dans sa poche.

— J'ai connu des matélots qui n'étaient pas raisonnables, alors, sur mer, c'est mon droit, jé n'ai pas hésité à leur ôter toute envie de récommencer leurs sottises.

Des acclamations assourdies par le panneau refermé parvinrent aux oreilles d'Eliasar et du capitaine.

— Va-t-on les laisser gueuler ainsi ?

— J'aimé tout autant. Jé préfère né pas sévir en cé moment, plus tard (il baissa la voix), quand l'autré né séra plus là...

— Que ferez-vous ? Comment expliquerez-vous la disparition de...

— Croyez-vous donc, mon petit Samouel, qué nous reviendrons en France, pour danser la gavotte avec la belle Marie-Anne ?

— C'est-à-dire...

— Il faut être indulgent pour les hommes dé l'équipage. Sans être au courant dé notre affaire, ils ont l'habitude dé ces pétites expéditions. Jé suis certain dé leur discrétion car tous ces jeunes gens ont eu, par-ci, par-là, des démêlés avec la justice. Ce sont dé bons garçons, jé vous l'ai dit, mais on doit les prendre comme la nature les a créés... voilà tout.

— Est-ce que vous les laisserez débarquer à Caracas ?

— Virgen del Carmen ! Naturellement, par bordées ! Vous voulez donc qu'ils se révoltent et mettent le feu à ce bel *Ange-du-Nord* ?

— Je vais me coucher, conclut Eliasar.

Il descendit dans sa cabine. Derrière la cloison, il entendit Krühl souffler. Ce bruit l'agaçait prodigieusement. Selon son habitude, quand il était préoccupé, il se rongeait les ongles au point d'amener le sang.

Sur sa couchette il ne put dormir. Il se releva, ouvrit son hublot, regarda la mer, le ciel, le disque précieux de la lune qu'aucune écharpe de nuages ne voilait.

Les ronflements sonores de Krühl l'exaspéraient. Il entendit le lieutenant Gornedouin appeler les bâbordais au quart. Il se recoucha.

Allongé sur les draps, la chemise ouverte sur sa poitrine, les bras écartés en croix, il veilla jusqu'à l'aube, les yeux fixés vers le plafond de sa cabine où sa lampe dessinait un rond lumineux serti d'ombre.

XIV

LE SOLEIL DE CARACAS

L'*Ange-du-Nord* ayant évité Tobago et Grenade passa au large de l'île Margarita.

Krühl, Eliasar, le capitaine et Gornedouin, revêtus de toile blanche ou kaki, tâchaient d'apercevoir les côtes du Venezuela à travers l'aveuglante lumière d'un soleil implacable.

Bébé-Salé, que l'excessive chaleur suffoquait, s'était traîné hors de sa cambuse, comme une vieille tortue. Il tirait la langue, soufflait tel un phoque et s'éventait avec un vieux torchon.

A l'horizon, une ligne d'or semée de petits cubes blancs se dessina. Puis l'on distingua les arbres, les maisons et des détails aux couleurs somptueuses qui se détachaient, sur le fond bleu sombre des montagnes, avec la préciosité d'une fresque de Benozzo Gozzoli.

On longea la côte où des arbres puissants dressaient leurs palmes. On vit courir sur l'or de la grève un cheval rouge qu'un enfant nu poursuivait. Puis le port de La Guayra apparut, avec ses navires, ses docks et ses grues qui dressaient vers le ciel leurs bras où pendaient, au bout d'un fil délicat, des bennes minuscules.

— Caracas! cria Krühl.

Et les hommes d'équipage lancèrent leurs casquettes en l'air.

Fernand courut à la recherche de l'accordéon de Bébé-Salé et rythma l'allégresse générale sur les touches de l'instrument.

Krühl regarda les matelots de l'*Ange-du-Nord*.

Une émotion puissante lui fit monter les larmes aux yeux, ses lèvres tremblèrent. Pour une fois, sous le soleil évocateur de la vieille flibuste, son rêve se réalisait dans le plus rare de tous les tableaux. Son équipage de fortune lui apparaissait tel qu'il avait imaginé les équipages damnés poursuivant, de mer en mer, le but fuyant de leurs luxures médiocres et de leur vénalité cruelle.

Doré sur l'écran du grand foc, Fernand le nègre, vêtu d'un maillot rouge et d'un pantalon de toile bleue lessivée, laissait errer ses grandes mains rose et noir sur l'accordéon.

Les Suédois, dont la barbe blonde égratignait d'or les visages cuits par le soleil, se mêlaient familièrement aux Espagnols. Powler le mulâtre précisait le caractère équivoque de ces matelots étrangers les uns aux autres et dont la personnalité véritable ne s'était jamais révélée à Krühl.

L'accordéon gémissait des airs d'une gaieté navrante et Krühl revoyait la côte bretonne, la vieille mère Plœdac, Marie-Anne au joli cou, Pointe, le bon camarade.

Les matelots chantèrent, et Krühl, au moment même où l'*Ange-du-Nord,* chargé de toile jusqu'aux cacatois de son mât de misaine, doublait la jetée, sentit sa poitrine se gonfler d'une émotion qui dépassait sa volonté.

Caracas ! Dans un de ces petits cubes blancs, qui n'étaient que des maisons fraîches enfouies parmi la verdure protectrice d'un jardin aux graviers brûlants, le vieux Flint avait vécu ses dernières heures, devant son compagnon Mac Graw qui chassait les mouches d'émeraude avec un linge trempé dans de la nicotine. Sous les gazons voluptueux semés de bananiers aux tiges aqueuses, permanait le mystère séculaire des crimes et des atrocités impunis.

Pour Krühl, ce paysage éclatant et sournois reculait les limites conventionnelles de l'horrible.

Le contraste stupéfiant d'une chaleur qui écrasait les rares passants dans les rues désertes, avec le mystère sensuel des beaux jardins remplis d'ombre bleue, bleu sombre entre les arbres, excitait l'imagination de Krühl. Il désirait cette fraîcheur qui se laissait deviner sous la forme troublante d'une créole nue, coiffée de soie rouge, ou vêtue d'une robe blanche enguirlandée de roses, gonflée par une crinoline indiscrète.

Krühl imaginait la belle fille, transportant les élégances fanées du deuxième Empire, avec toute la connaissance de l'éventail et de ses jeux, sous une belle voûte de palmiers au milieu des fleurs domestiques, honorée par le regard candide d'une métisse vêtue de cretonne imprimée.

Ainsi, pour l'armateur de l'*Ange-du-Nord,* Caracas se révélait dans son intimité la plus secrète. Et Krühl savait bien que les déceptions dont le cortège l'attendait à terre, ne troubleraient jamais, dans l'avenir, sa belle émotion devant la mer où les galions d'Espagne laissaient encore sur l'eau la trace vermeille de leurs coffres éventrés...

Mais une chaloupe à vapeur se dirigeait vers l'*Ange-du-Nord.* Diligente, elle glissait sur l'eau comme un jouet mécanique.

— Je vous laisse avec les autorités, dit Joseph

Krühl à son capitaine. Je descends dans ma cabine pour me mettre en tenue.

Eliasar l'avait devancé et Krühl était encore en chemise, se rasant devant sa glace, quand Samuel Eliasar, vêtu d'un complet de flanelle grise et coiffé d'un panama, pénétra dans sa cabine.

— Allons, mon vieux, dépêchez-vous. Heresa a déjà réglé la situation. Je retire tout ce que j'ai pu proclamer d'indécent sur son compte. C'est une perle que ce bonhomme-là. Il est évidemment ridicule, mais au prix où est le beurre, nous ne pouvions guère nous payer un Bougainville ou un Jean-Bart.

— Farceur, jubila Krühl, dont le ravissement rajeunissait la figure.

Sans se préoccuper de Samuel Eliasar, il acheva de s'habiller, prit une ceinture très solide en peau de daim et la boucla sur sa peau, par-dessous sa chemise.

Il tapota d'une main spirituelle les flancs rebondis de la ceinture et jeta un regard malicieux dans la direction du « docteur ».

— Hé ! Hé ! fit-il, il y a là un petit trésor qui, pour n'avoir pas été acquis par des efforts malhonnêtes, ne permettrait pas moins à celui qui le rencontrerait sur sa route de vivre à la manière de ces nababs, vous savez, ces fameux nababs, bouh, bouh, peuh !

Samuel Eliasar sourit et devint rouge. Il se serait giflé avec plaisir pour cette émotion stupide que Krühl, occupé à nouer sa cravate, ne remarqua d'ailleurs pas.

Devant l'entrée du panneau, on entendit la voix de Gornedouin :

— Monsieur Krühl, monsieur le docteur, le canot est armé.

Dans le port, la sirène d'un gros charbonnier

172

s'époumonait avec une indignation mal dissimulée ; une cloche piqua l'heure à bord d'un bâtiment et, de la ville dont la rumeur lointaine pénétrait par le hublot entrouvert, des cloches répondirent : toutes les bonnes cloches catholiques appelant les fidèles vers la Purissime protectrice des Européens.

Dans un des vicoles sordides qui ont accès sur le port de la Guayra, à côté des docks, se trouve une manière de maison de danse transformée, selon l'heure et la clientèle, en bar anglais.

Le patron de cet établissement remarquable est Vénézuélien, né d'une métisse et d'un père inconnu. On l'appelle Pablo, tout simplement. Sa femme est une vieille dame maigre, au visage jaune sillonné de rides multiples. Cependant, les yeux de cette femme sont très beaux et ses cheveux noirs sans fils d'argent cachent à demi des oreilles bien dessinées où s'accrochent des boucles d'or d'un travail ancien et merveilleux. Les clients l'appellent la señora.

Presque toujours vêtue de soie noire avec une mantille de même couleur sur ses cheveux, elle se tient toute la journée derrière les jalousies qui protègent la salle où l'on consomme contre l'ardeur déprimante du soleil de l'équateur.

On trouve de tout chez la señora : du champagne, des pastèques, des bananes confites au soleil, des gâteaux de noix de coco, de la confiture de goyaves. On peut également espérer s'y faire servir de l'absinthe de mauvaise qualité dans des bouteilles de marque truquées. On y boit du champagne, du whisky et du vin, quelquefois même du vin de France.

En sachant s'y prendre, la señora vous présente des danseuses instantanément pâles d'amour pour l'étranger. Elle connaît même des actrices venues soi-disant de Paris et de belles Berlinoises brunes et d'allure cavalière.

La señora connaît toutes les adresses des ruffianes, tapies derrière leurs persiennes comme l'araignée derrière sa toile. Venant de sa part, l'étranger peut se présenter sans crainte au domicile d'une Incarnation quelconque, pâmée pour deux dollars, avec invocation de la Purissime et signe de croix au moment opportun.

Tous les ports du monde possèdent leur Pablo et leur señora, leurs bars cosmopolites, leurs rafraîchissements, leurs belles filles et leurs ruffians.

Mais au bar de l'authentique Pablo et de sa femme, la vieille señora aux cheveux d'ébène, il y a une fille que l'on appelle Conchita, ou plus familièrement Chita. Et pour trouver une danseuse aussi belle, aussi animale, aussi parfaite, aussi dorée, il est inutile de faire le tour du monde en passant par Port-Saïd, Colombo, Hanoï, et San Francisco. Car des mulâtresses comme cette chula féline, il n'en est qu'une, et c'est Chita, la novia la plus souple, la plus sauvage et la plus servile.

Quand elle danse au son des banjos et des guitares, les hommes les plus obtus et les plus brutes pensent à des choses incroyablement douces dont ils s'étonnent eux-mêmes.

Chita danse pour ceux qui n'ont pas de famille, pas de fiancée, pas de patrie ; pour ceux qui sont seuls avec leurs larges épaules, leur couteau et la sensibilité que la nature leur a choisie. Mais cette fille est ainsi. Elle dépouille les hommes et chacun étale, devant ses beaux yeux indifférents, sur son mouchoir

174

sale à carreaux rouge et jaune, les pensées les plus secrètes de son cœur, les menus attendrissements et les chagrins définitifs qu'il est décent de cacher soigneusement.

Chez la señora, quand la mulâtresse retrousse un peu ses jupes pour le fandango et le zapataedo, il n'est pas rare de voir la gaieté disparaître sur tous les visages.

Lorsqu'un matelot, plus ivre que les autres, essaye de se lever afin d'exprimer sa pensée par un geste direct dans la direction de Conchita, les autres l'obligent à se rasseoir, et le matelot devient mélancolique. On fait de lui ce que l'on veut et tant qu'il lui restera une piastre dans la poche, il restera à sa place, aussi calme qu'un enfant.

Plus tard, en mer, le garçon se rappellera la jolie novia de son cœur, mais il sera trop tard et sa rage impuissante ne le sauvera pas de l'amer cafard, qui n'est, selon les soldats, qu'un atroce malentendu entre la passivité brutale et l'activité d'une mémoire trop sensible.

Après avoir pris le chemin de fer qui mène de la Guayra à Caracas, Krühl, Eliasar et Joaquin Heresa promenèrent leurs complets de flanelle dans la ville aux quarante ponts.

Krühl, sur les conseils du capitaine, enrichit son trésor de perles et de pierres précieuses de quelques échantillons d'une beauté incontestable qu'il serra précieusement dans la ceinture dont il ne se séparait jamais.

L'affaire fut traitée par un Hollandais d'Amsterdam : un tout petit vieillard avec une figure en cire à peine colorée qui dissimulait l'intelligence trop réelle de ses yeux sous d'énormes lunettes en écaille.

— Dans trois ans, écoutez-moi, Monsieur, dans trois ans, le cours de ces diamants aura doublé, écoutez-moi bien, Monsieur.

— Vous lui avez procuré une excellente affaire, dit Eliasar au capitaine, tandis que Krühl payait le Hollandais.

— Jé lé pense, répondit Heresa avec un doux sourire, ce qui vient dé la flûte né doit-il pas retourner au tambour?

Les trois amis passèrent quarante-huit heures à Caracas, et Krühl déclara nettement qu'il n'avait pas traversé la mer pour voir des tramways, des rues incontestablement rectilignes, la statue de Bolivar, la « Maison jaune » et des demoiselles en costume de tennis. Il éprouva le désir de rentrer à la Guayra. La vision de l'*Ange-du-Nord,* amarré à quai, manquait à son bonheur. Il lui manquait aussi la foule bigarrée de la pègre du port, les fillettes demi-nues qui jacassaient à la fontaine sous les palmes vertes des arbres jaillissants.

Un train rapide, plein de circonspection irritante à chaque aiguille, les reconduisit au port. Et Krühl promena sur les quais de la Guayra, entre les piles de bois d'ébénisterie, les régimes de bananes et l'incivilité des galopins, sa déception de n'avoir pas trouvé dans la ville de ses songes les traces émouvantes et révélatrices de l'agonie d'un vieux gentilhomme de fortune agrémenté d'un nom anglais.

Ces sortes de surprises décourageantes sont, pour l'ordinaire, le lot des intelligences trop enclines à sortir du néant des individus et des choses légitimement ensevelis.

Certains noms particulièrement évocateurs sont

des cimetières de la pensée érudite. Caracas était un de ces cimetières pour Joseph Krühl qui venait d'acheter, aux dépens de son imagination, la connaissance de l'instabilité des choses. Il apprenait que la vue d'un tombeau fermé n'aide en rien à la résurrection du passé qu'il renferme.

Krühl promenait donc sa massive silhouette d'homme désabusé, quand il croisa sur le quai plusieurs matelots de l'*Ange-du-Nord* débarquant à leur tour pour prendre contact avec les joies de la terre ferme.

En passant devant Krühl, ils saluèrent gauchement, portant la main à leurs casquettes.

Krühl reconnut parmi eux le Guatémalien Perez. Il l'appela. L'homme se hâta d'accourir.

— Tiens, fit Krühl en lui tendant une dizaine de piastres, je suis content de l'équipage, tu boiras cela à ma santé avec tes camarades et les poules que tu rencontreras.

L'homme se mit à rire niaisement.

— Tu connais le pays? demanda Krühl.

— Si mounsié.

— Alors, qu'est-ce que c'est que cette boîte? Krühl désignait le bar américain du senor Pablo.

— Ah! dit Perez, c'est oune café, oune café... Il cherchait ses mots, s'exprimant mal en français. Il acheva sa pensée par un geste précis dont Krühl s'esclaffa en envoyant une bonne claque entre les deux épaules du matelot.

— Allons, va rigoler, et bonne chance.

— Good luck, sir, firent les Suédois qui accompagnaient Perez.

Krühl se fit conduire en canot par un gamin jusqu'à l'*Ange-du-Nord,* où il trouva Heresa et Eliasar nonchalamment allongés dans des rocking-chairs montés sur le pont. Ils fumaient et dégustaient béatement à l'ombre d'une voile d'étai tendue au-dessus de leur tête, la béatitude d'exister devant une boîte de bons cigares et devant des cocktails inventés par Powler. On entendait le mulâtre piler de la glace dans la cambuse.

— C'est encore ici qu'on est le mieux, déclara Krühl.

— J'étais en train de travailler pour vous et pour nous, dit Heresa. J'ai la conviction que nous allons trouver notre île. Il montra l'épreuve photographique de la carte de l'île étalée sur la table avec les autres pièces du document.

— Oui, dit Eliasar, le capitaine me disait que l'île que nous cherchons se trouve dans les petites Antilles, au nord-est de la Bourboude. Il me recommandait aussi d'être, à partir d'aujourd'hui, très discret sur les motifs de notre voyage.

— Nous l'avons toujours été, je suppose, répondit Krühl. Maintenant, devons-nous recruter tout de suite des travailleurs pour entreprendre les fouilles?

— Naon, monsieur Krühl, attendons plutôt d'avoir découvert l'emplacement du trésor dans l'île, qué j'appélérai l'île inconnue. Commé jé lé pense, elle est peu éloignée de l'île de la Bourboude, où il y a uné population dé un millier de nègres pauvres. Jé prendrai les travailleurs qu'il faudra parmi ces imbéciles, parcé qué jé né veux pas dé mes matelots pour exécuter cé travail, on ne pourrait plus les ténir pour lé retour.

— C'est très bien, approuva Krühl. Nous embarquerons le trésor à la nuit et nous viendrons en négocier une partie — les objets d'art religieux — chez le Hollandais de Caracas qui m'a vendu les pierres. Savez-vous, mon cher, que j'ai plus de cinq cent mille francs de cailloux sur moi. C'est d'ailleurs une affaire excellente, car je les revendrai en Europe avec un bénéfice considérable. Déjà quand j'ai quitté Paris, un an après la déclaration de guerre, le cours du diamant montait de jour en jour.

— Il faudra vendre vos pierres aux Etats-Unis, monsieur Krühl, croyez mon expérience en cette matière. Le Hollandais né vous a pas tout dit. Jé suis sûr qu'aujourd'hui il est prêt à vous les racheter au prix que vous les avez payées.

— Enfin, on verra. La conquête du trésor d'Edward Low, tous frais compris, me coûtera encore moins cher que je ne l'avais prévu. Je vous laisse pour faire un peu de toilette. J'ai l'intention de coucher à terre ce soir. Vous ne descendez pas ?

— Je n'en ai pas envie, bredouilla Eliasar en s'étirant.

Krühl n'insista pas.

Quand Bébé-Salé et Fernand eurent conduit à terre M. Joseph Krühl, Eliasar et le capitaine descendirent dans le salon dont ils fermèrent soigneusement les portes.

— Alors, fit Samuel d'un ton résolu.

— Alors, mon pétit camarade, c'est à vous dé parler.

Eliasar réfléchit quelques secondes, puis, se levant brusquement, il s'adossa contre la porte de la cabine.

— C'est donc entendu, Heresa, nous allons essayer de faire disparaître Krühl en créant sous ses pas, ou au-dessus de sa tête, je vous laisse le choix des moyens, un de ces accidents d'une banalité écœurante, comme on en voit tous les jours.

— Naturellement, on né peut pas lé jéter à la mer, cé n'est pas possible. Il faut que sa disparition soit naturelle.

— Bien, et en admettant que l'accident ne réussisse pas, je me verrai obligé d'agir tout seul dans l'île avec le couteau.

— Mais pourquoi ?

— Bien, comment expliquerez-vous son absence à vos hommes ?

— Nous dirons qué nous l'avons laissé à terre chez un ami, avec son matelot Bébé-Salé.

— Comment, Bébé-Salé ?

— Naturellement, il faut faire disparaître cet homme qui gâterait tout dans l'avenir, en allant raconter des histoires ridicules. S'il n'avait ténu qu'à moi, Bébé-Salé n'aurait jamais mis les pieds sur l'*Ange-du-Nord*.

— Bon Dieu ! Ça se complique, s'écria Eliasar.

— Jé mé chargerai dé Bébé-Salé ; vous voyez commé jé suis gentil.

Eliasar ne tenait plus en place. Il se balançait d'une jambe sur l'autre, mâchait fièvreusement son cigare éteint.

— C'est tout de même une sacrée partie. Et si je mène l'aventure à notre honneur, vous reconnaîtrez qu'il faut être un homme pour conclure une telle affaire.

Il sortit son couteau de sa poche, l'ouvrit d'un coup sec sur l'anneau et le planta dans la table avec une violence qui fit trembler la lame.

— Ça c'est du théâtre, dit Heresa sans s'émouvoir.

— Si vous voulez, mon gros, répondit Eliasar en remettant son arme dans la poche de son pantalon, mais n'oubliez pas que si je joue le rôle principal dans

180

ce drame, l'autre grand rôle n'en est pas moins rempli par un mec qui tient debout. Vous entendez, mon petit vieux, je me donne gratuitement le conseil de ne pas le rater.

A ce moment, on entendit la voix de Perez qui accostait avec le youyou de l'*Ange-du-Nord*. Gornedouin et la bordée de terre rentraient à bord.

Gornedouin, raide comme un passe-lacets, paraissait changé en statue sous l'influence de l'alcool. Les autres matelots tanguaient effroyablement.

— Qu'est-ce qu'ils tiennent, murmura Eliasar.

— C'est la coutume, mon cher, il n'y a rien à dire. Nous allons descendre à notré tour. Nous rétrouverons Krühl qui doit traîner dans un casino quelconque, aux trousses d'une chula avec du sang dé goudron.

— Beaucoup de chances pour qu'on ne le rencontre pas à la messe. Je connais les curiosités locales que le vieux garçon aime à visiter.

Le vent apportait par bouffées les flonflons d'une musique militaire. Des mouches lumineuses commençaient à bourdonner dans le crépuscule.

Ce fut Powler qui conduisit les deux hommes à terre. Eliasar sauta le premier sur le quai et rectifia d'un revers de main le pli de son pantalon.

— Nous irons chez Pablo, dit Joaquin. Jé parie vingt piastres qué nous trouvons Krühl attablé devant une fille et une bouteille de champagne.

Ils allumèrent leurs cigares en se retournant sur de belles Espagnoles vêtues de piqué blanc, que des mères, aux formes opulentes, ou des duègnes dans la tradition de *La Célestine* accompagnaient et protégeaient contre les hasards de la rue.

La lumière électrique attirait contre les vitres des grands magasins le beau visage pâle des femmes. Et la lumière de leurs désirs rayonnait elle aussi dans leurs yeux épris.

XV

CHITA

— Nous débarquerons dans l'île avant la fin de la sémaine, monsieur Krühl.

— Nous avons le beau temps pour nous, capitaine.

— Pas trop dé brise, les voiles né travaillent pas.

Sur le pont de l'*Ange-du-Nord,* Krühl et le capitaine Heresa regardaient une femme brune, à la taille souple, qui dans un joli geste de ses deux bras levés, accrochait des oripeaux de couleur entre les haubans du grand mât.

— Chita! cria Krühl.

La femme se détourna, sa bouche un peu grande s'entrouvrit dans un sourire qui fit rayonner le pur éclat de ses dents petites et pointues.

— Quelle belle créature! murmura Krühl.

Le capitaine ne répondit pas.

Il avait fallu toute l'énergie et la violence de Krühl pour convaincre Heresa que la présence de Chita à bord de l'*Ange-du-Nord* n'apporterait aucun trouble dans la discipline.

Il avait presque acheté cette fille dans le bar de Pablo. La vieille señora, les mains jointes et la bouche mielleuse, l'avait convaincu de la réelle valeur de la danseuse cubaine, car Conchita était née dans l'île de Cuba. Krühl, que des réminiscences littéraires dangereuses hantaient cette nuit-là, résolut de s'attacher la belle esclave. Esclave étrangement muette et farouche, mais dont les beaux yeux exprimaient tout le charme voluptueux des nuits malsaines de l'équateur.

— Vous n'allez pas emmener *ça* ? avait demandé Eliasar, en voyant Krühl embarquer avec la Cubaine, vêtue d'une mauvaise robe de soie noire tachée de graisse, les épaules recouvertes d'un châle de Manille d'une richesse aveuglante.

— Mais si, mon cher.

Le ton de la réponse indiquait à Samuel Eliasar que le moment n'était pas choisi pour insister.

Depuis le départ de Caracas, c'est-à-dire depuis trois jours et deux nuits, Chita régnait silencieusement sur l'*Ange-du-Nord.* Elle circulait comme une chatte adroite entre les cordages et ne prêtait aucune attention aux propos grossiers des matelots qui ne se gênaient pas avec elle, lorsque Krühl ne les regardait pas.

— Chita !

Powler interpellait la Cubaine. Il avançait ses lèvres molles, mimant un baiser.

La fille haussait les épaules. Ses yeux flambaient de colère.

Alors les matelots riaient en se tapant sur les cuisses.

La présence de cette étonnante créature, dont la voix rauque n'exprimait aucun son qui pût servir à préciser une idée, donnait un caractère étrange au brick-goélette.

Debout, à l'avant, la fine silhouette de Chita depuis ses mauvais petits souliers à hauts talons, ses bas blancs, son châle et la fleur rouge piquée dans sa lourde chevelure de jais, rehaussait d'une inquiétante pointe de perversité l'*Ange-du-Nord,* dont le nom semblait alors un blasphème énorme.

— Cette môme-là, dit le nègre, nous portera la poisse, vous verrez ce que je vous dis.

Le lendemain de l'arrivée de Chita à bord, Powler s'empara d'une mouette. Il porta le bel oiseau de porcelaine blanche à Joseph Krühl, qui l'offrit à sa Cubaine bien-aimée :

— Tiens, petite fille.

Chita prit l'oiseau, lui coupa les pattes avec des ciseaux et lui rendit la liberté. La mouette s'envola vers la terre.

Krühl, un peu gêné, regardait la fille, accroupie à ses pieds. Les ciseaux ensanglantés traînaient à côté d'elle sur le sol.

— Les gosses font la même chose chez nous, dit Bébé-Salé, quand ils prennent une mouette, dame oui.

Pourtant peu à peu l'équipage s'habitua à la présence de la jolie fille. Elle lavait son linge sur le pont, s'étirait au soleil, ou dormait assise sur ses talons, aux pieds du Hollandais.

— Chita ! A l'appel de son nom elle levait vers Krühl ses grands yeux caressants et soumis. Elle riait. Krühl la flattait en tapotant ses joues dorées du revers de sa main.

Parfois Heresa daignait adresser la parole à Chita en espagnol ! Krühl ne comprenait pas. Mais la fille comprenait. Elle regardait Heresa avec intelligence et ne répondait jamais.

— Quand nous débarrassera-t-il de cette pouffiasse ? grommelait Eliasar qui n'appréciait pas le charme sauvage de l'aventurière.

— Elle ne restera pas ici longtemps quand il né séra plus là, déclarait le capitaine.

Un soir que Krühl errait sur le pont avant d'aller se mettre au lit, comme il passait près du mât de misaine, une hachette tomba à ses pieds d'assez haut pour que le tranchant s'enfonçât profondément dans le plancher du pont de deux ou trois centimètres.

Krühl recula brusquement, il leva le nez en l'air, aperçut Eliasar à cheval sur une vergue.

— Que faites-vous donc là-haut ? Vous avez failli me tuer. Faites attention, nom de Dieu !

Eliasar se hâta de descendre et trouva d'assez piètres excuses pour expliquer sa présence dans la mâture. Heresa le plaisanta sur sa maladresse et lui donna ironiquement le conseil de s'occuper de ses médicaments.

— Il finirait par nous tuer tous, ajouta-t-il en riant.

Krühl sur le moment prêta peu d'attention à cet accident, mais il prit l'habitude prudente de lever la tête avant de s'engager sur le pont.

— Nous ne réussirons pas de cette façon, dit le capitaine à Samuel Eliasar quand ils furent seuls.

— Alors, découvrez l'île inconnue le plus vite possible. J'ai hâte d'en avoir terminé.

Depuis l'histoire de la hachette, Krühl se montrait nerveux et vaguement inquiet. Ce n'était pas de la méfiance, mais plutôt une sorte de malaise qu'il ne parvenait pas à définir lui-même. Il attribua tout d'abord cette inquiétude qui l'enveloppait avec insistance au mauvais fonctionnement de son estomac.

— Vous buvez trop, lui dit Samuel. Il faut adopter un régime : suppression du vin, de l'alcool sous toutes ses formes, suppression de la viande. Je vous permets un peu de pigeon bouilli avec une carotte dans une petite casserole.

Krühl suivit le régime pendant deux jours et n'eut

pas le courage de résister à la tentation d'une bouteille de bourgogne qu'il but avec Conchita.

La novia s'émancipait. Un soir, en pleine mer, elle dansa au son du fameux accordéon.

Les matelots, appuyés contre les bastingages, l'applaudirent et dès ce jour chacun d'eux fut aux petits soins pour elle.

— Quelle fille ! s'écriait Krühl avec admiration.

Eliasar intéressé applaudit lui aussi du bout des doigts et lorsque Chita tourbillonnante, lasse et la poitrine palpitante, vint s'abattre aux pieds de Krühl, il lui offrit gentiment une orange pressée dans un verre d'eau fraîche.

— Au lit ! commanda Krühl.

Chita se leva et sans tourner la tête descendit dans la cabine qu'elle partageait avec son maître.

— Hein ? c'est dressé ! fit le Hollandais en regardant ses compagnons.

— C'est ainsi qué l'on doit parler aux femmes, pour obténir la tranquillité, approuva le capitaine.

Gornedouin, admiratif, hochait la tête avec approbation.

La chaleur étouffante d'une nuit menaçante pesait sur l'*Ange-du-Nord.*

A l'inquiétude de Krühl se joignait cette fois celle du capitaine pour d'autres motifs.

— Nous allons prendre quelqué chose tout à l'heure, et cé né séra pas pour rire.

Les matelots, les poings aux hanches, examinaient le ciel et se communiquaient leurs impressions en termes brefs.

Bébé-Salé, ayant repris son accordéon, descendit dans la cambuse. On l'entendit amarrer ses casseroles et caler confortablement le tonneau de rhum.

— Ah, dit Gornedouin, avec l'*Ange-du-Nord,* je

ne crains rien, car ce bâtiment tient la mer, comme peu de bâtiments le pourraient.

On ne sentait pas un souffle d'air et la mer sournoise clapotait autour du petit voilier.

Soudain une légère brise venue du sud-est fit claquer les voiles distendues.

Sur un ordre du capitaine, chacun fut à son poste dans les vergues et l'on s'apprêta à diminuer la voilure pour tenir tête à l'orage qui s'annonçait.

Un éclair illumina la nuit, subit comme l'éclatement d'une énorme cartouche de magnésium : la mer commença à moutonner et l'*Ange-du-Nord* dansa sur place.

Dans la cabine de Krühl on entendait hurler Chita que l'orage rendait malade de terreur.

— Fermez les écoutilles, hurla le capitaine, cé né pas lé moment d'entendre gueuler cette taupe-là !

Powler se précipita sur les écoutilles. Le vent qui soufflait de plus en plus fort et la violence des lames venant battre les flancs de l'*Ange-du-Nord* couvrirent les gémissements de la fille que Krühl cherchait à apaiser.

L'*Ange-du-Nord* montait à l'assaut des vagues. Le vent soufflait, clouant les hommes contre les haubans.

Eliasar, la bouche décolorée, était descendu dans sa cabine. Un gros nuage gonflé ainsi qu'une outre creva sur le voilier et la grêle crépita sur le pont comme une fusillade.

A ce moment l'*Ange-du-Nord,* découragé, piqua du nez dans une grosse lame qui balaya le pont de l'avant à l'arrière.

M. Gornedouin pirouetta et roula dans la direction du rouf, comme un lapin boulé par un coup de fusil.

Fernand, les mains en sang, l'œil mauvais, se dérobait au travail.

— Tas de salauds! grognait-il.

C'est alors que le grain passé, un soleil agonisant darda pendant une heure quelques rayons malsains sur la mer en furie, et tout d'un coup la nuit enveloppa d'une obscurité affreuse qui paraissait tangible l'*Ange-du-Nord,* secoué par tous les démons du mauvais sort.

Le capitaine Heresa resta sur le pont avec le premier quart, à côté de Manolo qui tenait les manettes de la roue du gouvernail. Quand les tribordais vinrent relever les bâbordais, ceux-ci ne quittèrent pas le pont, car la violence de la tempête et l'inconcevable sauvagerie du ciel et de l'eau qui s'acharnaient contre le bâtiment les remplissaient d'angoisse. Il ne pouvait être question de repos devant l'ampleur de la bataille que chacun allait livrer aux éléments.

M. Gornedouin, attaché au grand mât, répétait les commandements. Et le vent claquait dans les voiles, qui cédèrent. Les gabiers escaladèrent la mâture et l'on vit les trois Suédois cramponnés à la vergue pour atteindre le grand hunier.

C'est alors que le vent frappa plus furieusement l'*Ange-du-Nord,* étourdi sous les coups, comme un boxeur défaillant subit la force intelligente et précise de son adversaire. Des détonations formidables ébranlèrent la mâture.

Powler gémissant recommanda son âme à Dieu. Il larmoyait, se tordait les mains, se frappait la tête contre le plancher du pont. Les matelots écœurés le regardaient en haussant les épaules.

Le capitaine Heresa prit son pistolet et le braqua dans la direction du mulâtre. Ce geste fit l'effet d'un puissant cordial. Powler se releva et reprit son poste parmi les gabiers.

L'*Ange-du-Nord* ballotté dans les ténèbres escaladait des lames hautes comme des montagnes pour redescendre dans une chute vertigineuse, explorant les abîmes insondables que la mer entrouvrait sur sa route.

Krühl, remonté sur le pont avec Chita dont les dents grinçaient de terreur, regardait anxieusement le capitaine dont la figure tirée par la fatigue ne reflétait aucune émotion.

Il voulut appeler. Les hurlements de la tempête emportèrent le bruit de sa voix.

Personne ne parlait. La nuit se passa dans l'attente passive d'une mort choisie parmi les plus effroyables.

Une teinte livide annonça le jour. La mer semblait en ébullition et le vent s'acharna avec une violence nouvelle contre les mâts dégarnis de leurs voiles enfin carguées.

— Faut-il abattre les mâts ? hurla Gornedouin à l'oreille du capitaine.

Le capitaine Heresa eut une hésitation, mais il secoua la tête en signe de refus.

Eliasar écroulé à l'arrière, la tête appuyée entre ses mains crispées, regardait droit devant soi, avec des yeux durs et sans reflets. Accroché entre deux haubans, un jupon jaune de Chita claquait au vent comme le symbolique pavillon annonciateur des pestes rapides et des maladies inconnues qui tordent les membres, gonflent les ventres et mortifient les chairs.

La grande vergue de misaine fut emportée et l'*Ange-du-Nord,* qui donnait de la bande sur tribord, s'immobilisa au bord d'un gouffre noir, entonnoir gigantesque, dont les parois entraînées dans un mouvement giratoire vertigineux brillaient étrangement comme une cuvette d'acier raboté par un tour.

L'*Ange-du-Nord* hésita au bord de l'abîme, où il resta suspendu en équilibre pendant quelques secondes qui semblèrent s'éterniser. Puis il glissa, s'adapta aux parois de l'entonnoir et commença à tourner, d'abord doucement en suivant le bord de l'abîme. Sa vitesse s'accrut, comme en se rapprochant du fond, la circonférence de l'entonnoir d'acier se rétrécissait.

Eliasar, dans un rapide éblouissement, car le navire sombrait dans les élégantes spirales du vertige, revit sur l'écran de sa mémoire la silhouette rigide de Marie du Faouët. Aussitôt la peur infâme l'abandonna pour cette fois. Il se sentit mollir et se laissa emporter vers le terme inimaginable de la chute du navire.

Il entendit la vieille mendiante bourdonner à ses oreilles quelque chose comme : « Min-bon-mos-sieu-donnez-un-sou. »

Le soleil éclata telle une baie lumineuse trop mûre. Ses rayons jaillirent en flèches de métal incandescent. La mer uniformément bleue se chauffait paisiblement et l'*Ange-du-Nord,* sorti sain et sauf de la tempête, dérivait doucement au gré d'un courant mystérieux.

Le navire et son équipage se retrouvaient petit à petit. Les matelots hébétés se frottaient les yeux et traînaient leurs membres endoloris sur le pont. La réaction se produisait. Des plaisanteries furent échangées. « C'est pas encore cette fois qu'ils auront ma peau, dit Bébé-Salé, ah ! dame non. »

Chita riait au soleil et Krühl respirait à pleins

poumons la légère brise qui gonflait les voiles que l'on commençait à hisser une à une.

Bientôt l'*Ange-du-Nord* sous sa parure blanche apparut comme un pommier en fleur.

Eliasar, épuisé par la fatigue et la tension nerveuse, dormait, allongé sur le pont bouleversé par les lames.

Déjà Perez, Dannolt et Fernand, remplissant l'office de charpentier, procédaient aux réparations les plus urgentes. L'*Ange-du-Nord* avait souffert de la tempête, mais ses blessures n'étaient pas irréparables. Deux journées suffirent pour mettre de l'ordre dans la mâture éprouvée.

— Hé, mon vieux, dit Samuel Eliasar au capitaine Heresa, il serait peut-être temps de découvrir l'île et le trésor. Cette tempête ne m'a décidément pas donné le goût des aventures nautiques. Je ne peux nier que la représentation ne fût réussie à souhait. Maintenant je suis documenté sur la question et pour cette raison je n'éprouve nullement le besoin d'assister à quelque autre scène de ce genre. Ce petit grain, comme vous avez la modestie d'appeler cette abominable fureur de la nature, s'est présenté, à mon avis, tel un avertissement du ciel afin de nous inviter à clore cette affaire par les moyens les plus rapides. Vous pouvez dire ce qu'il vous plaira. J'ai acquis cette conviction à mes dépens et je la garde. Ma résolution est prise et je vous donne ma parole que nous ne tarderons pas à naviguer à notre compte.

— C'est qué nous nous sommes considérablement éloignés de la mer des Antilles. En cé moment nous dérivons dans une direction qui né mé paraît pas très fournie en îles désertes.

Une heure plus tard, Perez signala la terre à

tribord. Heresa, Gornedouin, Eliasar et Krühl fouillèrent la direction indiquée avec leurs jumelles.

— C'est, en effet, la terre, dit Krühl.

Le capitaine Heresa sans mot dire fit son estime. Le résultat de son calcul fut qu'il se mordit la lèvre inférieure en se frottant les mains.

— Ne serait-ce pas l'île ? interrogea Eliasar, manifestant ainsi son intention formelle de donner une suite aux désirs qu'il venait d'exprimer.

— Jé né sais pas cé qué c'est, murmura Heresa contre son oreille.

— Serait-ce notre île ? demanda Krühl.

— J'en ai la conviction, fit Heresa, à tout hasard.

La brise, en effet, portait à terre et bientôt l'*Ange-du-Nord* fut assez près des côtes pour qu'on pût en distinguer le détail.

Une grande effervescence régnait à bord. Krühl, plus ému qu'il ne voulait le laisser paraître, ne tenait pas en place. Chita, soumise, accroupie à ses côtés dans une attitude familière, se laissait flatter de la main.

— Mes vieux, mes vieux copains ! bégaya Krühl en regardant Eliasar et Joaquin Heresa.

Eliasar, les mains baissées devant ses yeux, scrutait la rive bordée de sable fin qui s'étalait comme un large croissant d'or.

— Ah, dit Krühl en embrassant Chita furieusement, c'est toi, belle gosse, qui nous as porté bonheur. Tu auras des perles et des diamants, des diamants et des perles, entends-tu, ma fille ?

Chita leva vers le Hollandais ses beaux yeux et son front pur de bête ignorante. Elle rit, découvrant largement ses gencives roses et ses dents merveilleuses.

L'*Ange-du-Nord* dérivait toujours en suivant le courant qui semblait enfermer l'île dans une boucle.

Le ciel s'assombrissait de nouveau. De gros nuages noirs se poursuivaient, s'atteignaient pour se souder les uns aux autres. L'atmosphère donnait à l'île, en simplifiant les plans, l'aspect d'une image luxueusement enluminée.

C'était d'abord la grève dorée, puis une jolie prairie d'un vert délicat et remontant vers la frise violette et bleue des petites collines, des bandes de terre rouge, posées çà et là, comme des pièces dans le vert éclatant des prairies. Sur le fond rouge des terres, des arbres se découpaient précieusement : des arbres aux troncs puissants qui dressaient leur feuillage en bouquets, telles d'énormes salades, le déployant en ombelles légères, ou le laissant pleuvoir avec la grâce ancienne des palmes romantiques.

Cependant cette richesse de coloration ne parvenait pas à diminuer l'aspect sauvage de cette terre dont les arbres trop beaux ne devaient nourrir que des fruits vénéneux. Là croissaient le mancenillier dont l'ombre, dit-on, est mortelle, des belladones géantes et des euphorbes élégantes dont le suc renferme les secrets de la folie. Aucune vie humaine ou animale ne se révélait. Cette île sans oiseaux, peinte par un peintre habile, influencé par de dangereuses influences, se dressait au milieu du monde réel, comme une fantaisie stérile, conçue et mise au point par un dieu distingué et misanthrope.

L'équipage et l'état-major du brick-goélette regardaient intensivement cette curieuse terre de luxe dont les havres paraissaient des pièges.

Krühl leva les bras vers le ciel et déclama solennellement, d'une voix monotone et puissante :

Mais voilà qu'en rasant la côte d'assez près
Pour troubler les oiseaux avec nos voiles blanches,
Nous vîmes que c'était un gibet à trois branches
Du ciel se détachant en noir, comme un cyprès.

Personne ne répondit. Eliasar lui-même ne trouva pas l'occasion de plaisanter Krühl.

— C'est tout de même un drôle de patelin, dit enfin Fernand.

Les paroles du noir firent l'effet d'un coup de pistolet dans une église. Chacun se ressaisit, Heresa le premier. S'apercevant que le bateau qui déjà avait contourné l'île, en vérité plutôt petite, suivait le courant en s'éloignant de terre, il donna l'ordre au timonier de serrer la terre au plus près.

La manœuvre exécutée, on pénétra dans une crique bordée de sable fin et l'*Ange-du-Nord* ayant jeté ses ancres, M. Gornedouin monta dans une chaloupe pour aller relever les fonds.

— Monsieur Krühl, dit le capitaine Heresa avec emphase, jé vous avais promis dé vous conduire à l'île inconnue. Quant à la séconde, qui est dé vous ramener sain et sauf dans un port dé l'Amérique du Sud, j'espère la remplir avec la même bonne fortune.

Krühl, le visage empourpré, regardait l'île.

— Je ne sais à quoi attribuer, dit-il, l'impression étrange produite par cette terre que probablement les compagnons d'Edward Low furent les seuls à fouler avant nous. On ne peut rien rêver de plus louche et de moins honnête que ce paysage. Vos hommes et même cette sombre brute de Gornedouin ont senti confusément passer le souffle du mystère sur cette île où toutes les richesses semblent mal acquises et maudites. Il est curieux que la destinée ait voulu donner un tel cadre aux scènes inimaginables qui suivirent les derniers travaux d'ensevelissement du trésor de Low, le plus damné, à l'heure actuelle, de tous les gentilshommes de fortune, si Dieu existe.

— On ne peut, en effet, déclara Eliasar, imaginer un cadre plus approprié aux goûts du personnage dont nous recherchons les économies.

— N'est-ce pas ? continua Krühl. Cette île symbolise l'or, les vins rares, les liqueurs chatoyantes, les tabacs parfumés et les femmes qui à cette époque ne furent pas plus belles et plus sauvages que cette étonnante Chita, dont je veux faire la reine, pendant quelques jours, de cette Cythère évoquée par ma mémoire il y a quelques instants.

— Nous donnerons lé nom dé Chita à cette île, s'écria le capitaine.

— Oui, répondit Krühl, faites-lui comprendre ce que vous venez de dire.

Le capitaine s'adressa en espagnol à Chita qui ne sourcilla pas.

— Il faut avouer, fit Eliasar, que si cette fille est une merveille de grâce et de beauté, elle n'en possède pas moins une couche qui la protège contre toutes les surprises d'une maladie cérébrale.

Krühl ne répondit pas.

Bébé-Salé et Powler se distinguèrent à leurs fourneaux. A l'arrière on fêta la découverte de l'île, selon la formule du Hollandais qui recherchait les occasions de se réjouir devant une table pleine de séduction.

L'heure étant trop avancée pour débarquer, M. Krühl et ses deux acolytes sablèrent le champagne et burent de grands verres de chartreuse que

Krühl ne manquait jamais de mirer avec une satisfaction gourmande devant la lumière de la lampe.

Naturellement le gaillard d'avant participait aux réjouissances ; le rhum coulait abondamment dans le boujaron de Bébé-Salé.

— Alors on stoppe, déclara le nègre, en faisant claquer sa langue.

— Paraît que l'île appartient à M. Krühl, déclara Bébé-Salé.

— Oui, dit Fernand, j'ai des tuyaux. L'île appartient à « mossieu Krühl », comme tu le dis, vieille noix. Il possède des mines à exploiter, des mines d'argent et il est venu gâffer si les travaux avancent. Mais ce qui m'épate, c'est de ne voir personne dans le patelin. Un gars comme mossieu Krühl, ça mérite la peine qu'on dérange les pompiers. Hein ?

— Dame oui, fit Bébé-Salé.

— Ah toi, père Bébé-Salé, t'es toujours de l'avis du dernier qui a jacté. Passe-moi le boujaron, je vais servir.

Très tard dans la nuit les matelots burent, chantèrent, se querellèrent et établirent les hypothèses les plus ingénieuses tendant à rechercher le véritable but du voyage et la clef de tous les mystères que leur imagination créait et que l'abondance des libations grossissait progressivement.

C'est ainsi que l'identité de Krühl fut mise au point. Les circonstances s'y prêtant, il fut admis qu'on se trouvait en présence d'un prince du sang allemand, voyageant avec prudence pour chercher des bases de ravitaillement et des points stratégiques en vue d'une tentative de débarquement au Mexique, contre les Etats-Unis d'Amérique. Cette idée recueillit tous les suffrages, chacun se réservant de modifier pour sa convenance personnelle des détails qui n'altéraient d'ailleurs en rien les traits essentiels de ce personnage fabuleux.

Fernand se coucha le dernier, la figure hideusement maltraitée par l'alcool, livide et rose dans l'aube qui ne l'embellissait point.

XVI

LA CAVERNE
DES BOÎTES À SARDINES

Ceux qui descendirent à terre dans la chaloupe de l'*Ange-du-Nord* furent Krühl, Eliasar, le capitaine Heresa, Peter Lâffe, Conrad et Rafaelito. Tout le monde était armé de carabines à répétition de fabrication américaine. M. Krühl, Eliasar et le capitaine tenaient à la main une épreuve photographique de la carte de l'île dont la terre complice recelait les millions convoités.

Le débarquement s'opéra sans soulever de protestation dans la nature environnante. La petite troupe, après s'être orientée, se dirigea prudemment vers l'intérieur des terres.

Tout d'abord on foula le sable chaud où les pieds enfonçaient mollement, puis les larges bandes de terre rouge et rocailleuse. Vues de près, les opulentes prairies se révélèrent d'une pauvreté attristante : l'herbe verte, clairsemée, paraissait impropre à la nourriture des ruminants les moins gourmets ; les arbres abondamment touffus étalaient des feuilles dont la chlorophylle paraissait en caoutchouc verni.

— Nous allons peut-être trouver des fleurs en papier, dit Eliasar, et par le temps qui court, il faudra nous féliciter de notre trouvaille. Nous aurons toujours mis la main sur un trésor quelconque.

— Voyons, fit Krühl, qui tout en marchant, scrutait attentivement les détails de sa carte. Voyons, l'anse où nous venons de débarquer me paraît être celle-ci.

Il indiqua un point sur la carte.

— Ça ne fait pas de doute, répondirent Eliasar et le capitaine avec le plus grand sérieux.

— Bon, bon, asseyons-nous un peu sur ces rochers et étudions le terrain si vous le voulez bien.

Les trois hommes s'assirent. A côté d'eux, à une trentaine de mètres, les trois matelots s'allongèrent sur l'herbe. Le soleil chauffait comme une vraie brute et le silence le plus solennel enveloppait tout le paysage.

— Nous y sommes bien ? interrogea Krühl. Vous êtes sûr de vous, monsieur Heresa ?

— Jé né peux pas mé tromper !

Il indiqua un vague promontoire : « Voici le nord de l'île, c'est la tête dé la tortue. La végétation mé paraît plus abondante, mais il faut ténir compte qué la carte qué nous avons dans les mains né daté pas d'hier. Nous éprouvérons quelques surprises inévitables en explorant lé terrain d'après le croquis topographique dé cé M. Low.

— C'est évident, répondit Krühl. Le temps n'a pas manqué d'apporter quelques modifications à la nature du terrain. Le plus important pour nous est de découvrir le Champignon. C'est très embêtant, la carte ne porte pas d'échelle.

— D'après cé qué jé constate, dit le capitaine, l'île dé Chita, puisqué c'est son nom, peut avoir une quarantaine de milles dé tour. Lé Champignon doit se trouver à dix kilomètres sur notré droite dans cette direction.

— Alors en route, fit Krühl, en remontant la bretelle de sa carabine d'un coup d'épaule décidé.

Krühl marchait le premier, derrière lui suivaient le capitaine Heresa et Eliasar qui tâchait de dissimuler ses préoccupations ; les trois matelots fermaient la marche.

Il s'agissait d'atteindre la corne d'un boqueteau qui couronnait une petite colline d'où, Krühl l'espérait, on pourrait prendre vue sur une bonne partie de l'île.

La chaleur suffocante ralentissait la marche de la petite troupe. Les hautes ombellifères dissimulaient l'horizon et de temps à autre Eliasar était obligé de se hisser sur les épaules de Conrad pour essayer d'apercevoir un détail quelconque qui servît à le mettre sur la trace du fameux Champignon.

— Je ne vois rien, si ce n'est des herbes et des herbes. Nous paraissons en ce moment contourner la colline. Cette colline, je la connais d'ailleurs ; elle fait partie de cette petite chaîne de montagnes que le forban a indiquée sur son topo.

Krühl changea de direction et coupa droit dans les herbes à sa gauche. Tout le monde le suivit.

Eliasar jurait en se tordant les pieds dans les fondrières. Heresa, les lèvres serrées, suivait Krühl comme un basset dans les jambes de son maître.

— Demain, nous descendrons avec les cochons, cria Krühl en s'épongeant le front.

On sortit enfin des hautes herbes et l'on s'engagea dans un raidillon tapissé de pierres croulantes qui bordaient une série compliquée de fondrières habilement dissimulées sous des lianes traîtresses et peu solides.

— Bon Dieu ! hurla Krühl à moitié enfoui dans un de ces trous.

— Quelle vie ! gémit Eliasar, puis il ajouta avec un

soupçon d'amertume dans la voix : Dites donc, mon cher, savez-vous que les cailloux me paraissent constituer la principale richesse de ce pays ?

On atteignit, en s'aidant des mains et des genoux, le sommet de la colline.

Heresa jeta sur Eliasar un regard sans cordialité. Krühl infatigable courut sur la crête. Sa grande silhouette se découpait en noir dans la lumière aveuglante du soleil.

— Bon sang de bon sang, cria-t-il, on ne voit rien. Nous sommes à la lisière d'un bois. Il faut le traverser.

Eliasar et Joaquin Heresa étaient sur ses talons.

— Bien entendu, fit le capitaine, c'est cé maudit bois qui a gagné du terrain vers l'ouest. — Il regarda sa carte, frappa dessus avec sa main : — Naturellement ! Le Champignon sé trouve maintenant sous bois, nous lé découvrirons en nous frayant un passage vers l'ouest.

— Alors on explore le bois tout de suite ? interrogea Eliasar dont la poitrine palpitait comme les flancs d'une bête traquée.

— Oui, oui, insista Krühl. Cherchons le Champignon, il faut trouver le Champignon avant de rentrer à bord. Demain en partant de ce point nous poursuivrons nos recherches, avec un peu plus de chances de notre côté. Trouvons le Champignon et je me charge de tout.

On s'enfonça sous bois et la nature put donner libre cours à la gaieté mystificatrice de sa fantaisie.

Krühl jurait à chaque branche qui le giflait en pleine face. Heresa, furieux de la tournure que prenait la promenade, serrait les lèvres pour ne pas adresser à Eliasar, sur un ton qu'il pressentait peu décent, les félicitations dont il se reconnaissait le droit d'user.

Au bout d'une heure de marche, extrêmement pénible, les six hommes s'arrêtèrent sous une imitation de baobab afin de souffler un peu et d'absorber un repas froid dont ils avaient pris soin de garnir leurs musettes.

— Ah bien ! fit Eliasar la bouche pleine, le respectable forban a su choisir sa cachette. Je ne connais rien de plus répugnant que cet Eldorado pour poète de bas étage.

— Avez-vous remarqué, déclara le capitaine, qué nous n'avons pas rencontré un seul oiseau, pas une seule bête, pas un petit serpent, pas même un petit moustique. Jé n'aime pas les îles si désertes. Quand nous aurons découvert le trésor (il baissa la voix pour ne pas être entendu des matelots), nous hisserons toute la toile qué l'*Ange-du-Nord* peut porter et nous irons chercher une hospitalité sur une terre comme toutés les terres, avec des oiseaux, des lapins, des mouches et des moustiques.

— C'est pourtant vrai, fit Krühl, nous n'avons pas rencontré une seule bête sur notre route. Et pas un oiseau dans le ciel. Cette île est véritablement déserte. Sa végétation trompeuse cache la désolation la plus absolue. Avant de partir je ferai hisser sur une cime le pavillon noir des gentilshommes de fortune, et ceux qui nous suivront sur cette terre inhospitalière auront le loisir de rêver à des sujets d'une troublante perversité.

Eliasar s'étrangla avec une bouchée de biscuit. Il devint violet et ses yeux parurent résister mal à la tentation de jaillir sur le sol, comme deux billes d'agate.

Krühl lui tapa dans le dos avec cordialité. On

déboucha une bouteille de champagne dont le bouchon sauta en claquant comme un coup de feu.

Le couvert resta muet.

— J'ai entendu remuer quelque chose, s'écria Krühl.

— Non c'est moi, avec mon couteau, répondit Joaquin Heresa.

Krühl, désappointé, tendit encore l'oreille dans toutes les directions.

— Je n'entends rien, soupira-t-il, rien, rien. C'est le silence, le plus mortel de tous les silences.

— Ce qui m'épate, déclara Eliasar à son tour, c'est en effet de ne pas avoir aperçu un oiseau sur cette île. Je l'avais remarqué déjà, hier avant de débarquer.

Les matelots s'étaient rapprochés du groupe formé par Krühl et ses deux camarades. Ils écoutaient et leur visage exprimait une crainte enfantine, avec comme un désir éperdu d'entendre raconter des histoires, et, naturellement, des histoires peu rassurantes.

Krühl se leva le premier, secoua ses épaules et passa sa carabine en sautoir. « Allons, encore un peu de courage. »

On reprit la marche sous bois. Les six hommes foulaient la terre rouge où des racines gigantesques se tordaient de même que d'énormes serpents à la peau crevassée. Les trois matelots, peu habitués à la marche, sentaient la fatigue raidir les muscles de leurs cuisses et de leurs mollets.

— Hé, monsieur Krühl! cria le capitaine Heresa.

Krühl se retourna brusquement :

— Quoi! quoi! Qu'est-ce qu'il y a?

— Il serait peut-être plus prudent de rentrer. La nuit va nous prendre ici dans cette sale forêt.

— Ah oui, oui.

— Oui, rentrons, approuva Eliasar.

On fit demi-tour. Heresa marchait à côté de Krühl. Petit à petit il le laissa prendre un peu d'avance et s'approcha d'Eliasar qui suivait à quelques mètres en avant du groupe des matelots.

— Faut-il vous lâcher ? Etes-vous prêt ?

— Attendez à demain.

— Soit.

Heresa et Samuel Eliasar rejoignirent Krühl. Le capitaine prit sa boussole. Il indiqua du doigt une direction à suivre.

— Voilà la région des hautes herbes, annonça-t-il presque joyeusement.

La nuit commençait à tomber quand on rejoignit le canot où Rafaelito sommeillait béatement.

Krühl ne put réprimer un rapide frisson d'allégresse et de bien-être en embarquant dans le youyou.

Le lendemain Krühl redescendit dans l'île, confiant Chita à la garde de M. Gornedouin et le prévenant en même temps qu'il resterait peut-être à terre pendant deux ou trois jours. La même équipe de matelots l'accompagnait.

Les recherches furent peu fructueuses, bien qu'Eliasar affirmât reconnaître à merveille les indications consignées sur la carte de l'astucieux Edward Low.

— Bouh, bouh, peuh, vous reconnaissez quoi, quoi, grognait Joseph Krühl.

On prenait le capitaine à témoin. Ce dernier garantissait l'authenticité de l'île. C'était bien l'île décrite par Edward Low. Affirmer le contraire mettait en jeu son honneur et sa compétence de marin. Il se cabrait devant cette hypothèse et son accent y gagnait un goût de terroir plus prononcé.

Krühl ne comprenait qu'un tiers, à peu près, des explications qu'il fournissait avec volubilité.

— Enfin, bon Dieu de bon Dieu de bois ! hurlait Krühl que le calme d'Eliasar impatientait, où voyez-vous la crête marquée sur la carte ? Le Champignon devrait être ici, ici, où nous sommes, ou alors cette carte... cette carte est...

Il n'acheva pas. Eliasar le regardait avec des yeux candides.

— Bouh, bouh, peuh, souffla le Hollandais... Cherchons, cherchons, méthodiquement. L'île est grande comme un mouchoir de poche. Il nous faut une quinzaine de jours pour la fouiller dans ses moindres recoins.

— Nous pourrions toujours emmener les cochons avec nous... insinua Eliasar.

Un peu à l'écart, le capitaine Heresa regardait au loin l'*Ange-du-Nord* qu'une légère brise balançait sur ses ancres.

Soudain, Conrad fit sauter du bout de sa canne ferrée un objet qu'il ramassa et regarda avec une stupéfaction sincère.

— Une boîte à sardines ! s'exclama Krühl.

Chacun se rapprocha pour mieux considérer l'objet dont la présence sur ce sol leur paraissait aussi merveilleuse que celle d'un ange translucide, couronné de papier doré, escorté par des étoiles tourbillonnant autour de sa tête divine, comme un cortège de mouches familières.

— Une boîte à sardines !

Tout d'abord chacun se raccrocha à l'espoir que cette boîte appartenait à la soute aux provisions de l'*Ange-du-Nord*. Mais la vétusté de l'objet les obligea à repousser cette supposition consolatrice. En outre, la marque de fabrique indiquait certainement que ce

206

vestige d'un passage d'hommes sur l'île appartenait à des individus n'ayant aucun lien de camaraderie avec les membres de l'expédition Joseph Krühl.

Le Hollandais, abasourdi par cette découverte, s'était écroulé sur une roche en tenant la boîte dans sa main. Il tremblait d'émotion.

Eliasar et Heresa écarquillaient les yeux et se regardaient sans plus s'occuper de leurs compagnons.

Alors Krühl se leva et se mit à battre les cactus avec sa canne, courant de droite à gauche, la figure baissée vers le sol, allant et venant ainsi qu'un chien de chasse qui met le nez sur une piste et s'apprête à donner de la voix.

— En voici encore une ! hurla-t-il en brandissant une deuxième boîte à sardines au bout de sa canne.

Eliasar et le capitaine s'élancèrent à sa suite. Peter Lâffe et Conrad suivirent le mouvement sans trop comprendre en quoi la découverte de ces récipients pouvait influencer l'état moral de l'état-major du brick-goélette.

Derrière une touffe d'agaves qui dressaient vers le ciel leurs feuilles en lames de sabre, Eliasar mit le pied sur une demi-douzaine de boîtes qui portaient la même estampille commerciale, à moitié enfouies dans la terre molle. Celles-ci paraissaient avoir été ouvertes plus récemment, car le papier enluminé qui les recouvrait adhérait encore au fer-blanc.

— C'est tout un bataillon qui a campé ici, dit Samuel Eliasar, tenez, tenez, Krühl, à votre droite, en voici encore une bonne douzaine. Nous avons mis le pied sur une île déserte pour repas de noces de cinq cents couverts.

— Bouh ! Bouh ! peuh ! grognait Krühl.

En avançant, les cinq explorateurs découvrirent des boîtes et encore des boîtes. Un énigmatique personnage semblait avoir pris à tâche de semer ces boîtes derrière lui, tel le Petit Poucet semant les cailloux blancs dans la forêt tragique, afin de retrouver sa route.

— Suivons le chemin que nous tracent ces boîtes, opina Krühl, nous découvrirons toujours quelque chose qui nous expliquera la présence du propriétaire de ces richesses comestibles. Je n'ai qu'une peur, mes pauvres gars, c'est que nous nous trouvions en présence de la cage vide du bel oiseau qui l'habitait.

— Hypothèse écœurante, répondit Eliasar.

Les cinq hommes déployés en éventail s'avançaient les yeux baissés, cherchant les jalons imprévus qui devaient les conduire vers une solution que leur imagination redoutait.

Ils escaladèrent ainsi une petite colline aride d'où l'on dominait la grève qui ourlait d'une bande d'or la côte ouest de l'île, c'est-à-dire la côte opposée à celle où se trouvait la crique servant de havre au petit navire.

Au sommet de cette colline, des blocs de rochers entassés les uns sur les autres par suite d'un tremblement de terre formaient une manière de monument qui tenait à la fois du fortin, des Pyramides d'Egypte et de la sauvagerie solennelle d'un temple bâti par des nègres anthropophages, dans une crise de sentimentalité.

Sur une large pierre plate exposée au soleil, telle une table de sacrifices, une forme noire indéfinissable et d'apparence grotesque se traînait, un peu à la manière des phoques. Autour de cette créature rampante, les rayons du soleil flamboyaient dans un tas de boîtes, de boîtes de conserve, dont le métal surchauffé étincelait ainsi que du vif-argent.

XVII

LES MAÎTRES DE L'ÎLE

Le premier mouvement de Krühl fut d'épauler sa carabine.

Eliasar arrêta son geste.

Peter Lâffe à droite, Conrad à gauche commencèrent un mouvement enveloppant dans le but de déborder l'ennemi. Heresa, Eliasar et Krühl marchèrent résolument vers la pierre plate où la créature se chauffait béatement au soleil.

Soudain, l'indéfinissable forme ayant aperçu la silhouette de Conrad qui se profilait sur le ciel, leva deux moignons, jeta un cri déchirant et se hâta en se traînant sur le ventre avec une prodigieuse vélocité, vers un trou noir qui servait d'entrée à une caverne qui s'enfonçait sous les roches.

En deux bonds, Joseph Krühl fut sur la « chose » sans nom, qu'il immobilisa sans effort avec la crosse de son fusil. Il recula de dégoût : « C'est un homme ! » s'écria-t-il.

C'était un homme, un nègre abominablement amputé. Ses mains étaient coupées aux poignets. Il lui manquait la jambe droite, la gauche paraissait désarticulée au genou. Elle pendait inerte. L'homme la traînait sur le sol comme un boulet.

Krühl et ses compagnons regardaient la misérable

loque humaine, dont les yeux blancs roulaient dans une face noire qui reflétait la terreur la plus abjecte.

— Je n'ose pas y toucher, fit Krühl en salivant de dégoût.

Eliasar tenta de se faire comprendre du monstre en l'interrogeant par signes. Mais quand il essaya d'ébaucher un geste dans la direction du nègre rampant, le misérable se mit à aboyer de terreur.

Les cinq hommes pétrifiés se regardèrent.

— Tais-toi, Mujer ! cria Heresa en se bouchant les oreilles.

— Laissons-le ! dit Eliasar, le malheureux ne se sauvera pas bien loin. Il doit y avoir des hommes sur cette île, et quels hommes ! Regardez, l'entrée de la caverne est encombrée de boîtes de conserve vides. Il faut explorer cette caverne. Si les habitants de cette petite Cocagne sont copiés sur le modèle de cet échantillon, ils ne sont pas beaux à contempler, mais il faut avouer qu'ils semblent peu dangereux.

Il regarda le nègre qui se roulait sur le sol.

— Comment voulez-vous que cette *chose-là* puisse subvenir à ses besoins. Ce n'est pas possible. D'autres hommes ou d'autres *choses* plus complètes doivent l'aider dans la mesure du possible. Je crois que le trésor d'Edward Low va nous révéler quelques secrets qui porteront peut-être préjudice à l'organisation délicate de nos nerfs d'Européens.

Krühl et Peter Lâffe, la machette à la main, s'avancèrent vers l'entrée de la caverne.

Une odeur à la fois violente et subtile, mais caractéristique d'opium, saisit les deux hommes aux narines.

Courbés et la carabine en avant, prêts à faire feu, ils pénétrèrent dans la caverne obscure. Krühl fit jouer sa lampe électrique, un jeu de lumière blanche frappa la paroi de granit, dansa sur une pile de boîtes de conserve symétriquement rangées comme sur les rayons d'une épicerie. Dans l'angle le plus reculé de la grotte, allongé sur un lit d'herbes sèches, un homme dormait, couché sur le dos, la bouche ouverte. Krühl dirigea le jet lumineux de sa lampe sur la face du dormeur et il vit que l'homme n'avait plus de nez, plus d'oreilles. Il tenait dans ses mains décharnées une pipe à opium ; à ses côtés, sur un plateau de laque, se trouvaient la boîte, la petite lampe et les aiguilles. Peter Lâffe, en voulant se retourner, accrocha du bout de son fusil une pile de boîtes qui s'écroulèrent sur le sol avec un bruit effroyable. L'homme ne se réveilla pas. Alors Krühl et Peter Lâffe prirent le fumeur d'opium, l'un par les pieds, l'autre par la tête, et le transportèrent dehors, en pleine lumière, devant la porte de la caverne.

— En voilà un autre, dit Krühl, en déposant son fardeau sur le sol.

— De plus en plus joli, répondit Eliasar. C'est un Chinois ou un Annamite. Je me demande quel était le but de l'opération chirurgicale qui l'a privé de son nez et de ses oreilles ?

— Je ne comprends pas, déclara Krühl en regardant Heresa dont l'anxiété se dissimulait mal. Puis il ajouta après une hésitation : « Je vais rentrer de nouveau dans la grotte. Il ne reste plus rien, mais par acquit de conscience... »

Il disparut dans le trou noir avec Peter Lâffe sur ses talons.

Heresa jeta un regard autour de lui et aperçut Conrad qui, à quelques centaines de mètres, fouillait les buissons avec sa canne. Il se tourna alors vers Eliasar : « Dites donc, mon pétit, il faut vous dépêcher dé terminer votre affaire et puis nous partirons tout dé suite. Nous n'avons pas d'intérêt à séjourner longtemps ici. Jé vous dis franchement qué jé n'aime pas cé pétit coin, oh! mais pas du tout. Qué la Purissime nous protège! »

Eliasar paraissait un peu désemparé. « Oui, murmura-t-il, je vais liquider. A la première occasion, j'agirai. Quand je laisserai tomber mon mouchoir, vous éloignerez les deux matelots. Trouvez un prétexte. Attendez-moi ensuite dans la chaloupe, je vous rejoindrai. »

— Bouh, bouh, peuh! Il n'y a rien, plus rien dans la tanière... que des boîtes de conserve, dit Krühl en revenant. Que fait donc Machin, là-bas. Ah! comment l'appelez-vous, Conrad?

A ce moment Conrad, se tournant vers Krühl et ses compagnons, agita le bras, leur faisant signe d'accourir au plus vite.

Eliasar, le capitaine Heresa et Peter Lâffe, abandonnant les deux monstres, s'élancèrent sur ses traces et le rejoignirent à temps pour le voir indiquer du doigt, au milieu d'une petite vallée, un ruisseau idyllique, qu'un homme, paraissant jouir d'une anatomie intégrale, troublait en remuant l'eau avec ses pieds nus!

Heresa hissa son mouchoir en manière de drapeau blanc au bout de sa canne, pour montrer à cet habitant de l'île que les intentions de la petite troupe étaient on ne peut plus pacifiques.

L'homme blanc, car c'était un blanc, vêtu d'un pantalon de coutil bleu et d'un mauvais maillot de football cerclé de raies noires et jaunes, réfléchissait profondément en contemplant avec sollicitude le jeu de ses doigts de pied qui frétillaient dans l'eau fraîche. Il ne s'aperçut de la présence des étrangers qu'à l'instant même où ceux-ci atteignirent le bord du ruisseau à quelques mètres de lui.

D'un bond, il sortit de l'eau, et bien loin de fuir, se précipita au-devant de Krühl, en donnant tous les signes de la joie la plus extravagante.

Il bégayait des mots sans suite, interrogeait Krühl, Eliasar et le capitaine, en anglais, en russe, en espagnol, en français.

— Vous êtes français, français, français, répétait-il.

— J'ai toujours vécu en France, répondit Krühl.

L'homme s'agenouilla, tenant étroitement embrassés les mollets de Joseph Krühl, un peu gêné de voir un de ses semblables dans cette attitude servile.

— Je parle français, disait l'homme, je parle français. Voilà deux ans que je suis dans cette île infernale. J'ai guetté des voiles sur la mer, j'ai allumé des feux la nuit. Et personne ne venait. Personne. Voilà deux ans que je vis ici, mangeant des sardines, du thon et du corned beef, et aussi des compotes de fruits en boîtes ; deux ans que je vis avec le fumeur d'opium et le nègre. Quand je vous ai aperçus, j'ai cru tout d'abord me trouver en présence du Chinois et de ses hommes. Alors vous ne pouvez pas suivre mon idée, j'allais me tuer, car, vous le comprenez, ou plutôt non, vous ne savez pas, je ne voulais pas être emmené vivant, vivant, m'entendez-vous, corne d'enfer ! vivant par le sale niaqoué de Shanghai ou de l'Intérieur de l'Empire. Vous allez m'emmener assez loin, où vous voudrez, et vous me cacherez dans un pays où je pourrai manger du veau rôti et courir après les petites femmes roses et potelées. Je vous paierai en travail, ce que vous voudrez... Dix ans de ma vie je travaillerai pour vous... Il faut

partir, Messieurs, le Chinois peut arriver sur la mer...
dans son petit vapeur peint en gris clair...

L'homme fondit en larmes. Il pleurait, pleurait,
silencieusement et les larmes ruisselaient le long de
ses joues et de son nez. Elles glissaient sur sa barbe
inculte.

— Qui êtes-vous ? D'où venez-vous ? Quelle est
cette île ? Tout le monde l'interrogeait.

L'homme se moucha bruyamment dans ses doigts
et répondit d'une toute petite voix blanche, larmoyante, enfantine : « J'ai tant souffert, Messieurs,
tant souffert moralement... avec les deux autres...
Chaque jour, j'attendais des voiles sur la mer ou la
fumée noire du petit vapeur peint en gris.

— Et ce Chinois ?... remettez-vous, mon vieux.

L'homme se laissa glisser sur le sol. Eliasar versa
du rhum dans un gobelet et le lui fit boire.

— Quoi qu'il arrive, vous êtes sauvé, lui dit Krühl,
je vous emmènerai avec moi, sur mon bateau qui
nous attend là-bas près de la grève.

— Allons tout de suite au bateau et partons,
répondit l'homme.

— Non pas, vous allez prendre un repas avec
nous ; vous nous expliquerez ce que nous ne savons
pas et puis vous nous aiderez peut-être. Avez-vous
remarqué dans vos courses, vous devez connaître
l'île, une sorte de rocher en forme de champignon ?

Il tira de sa poche la carte dessinée par Edward
Low et la mit devant les yeux de l'homme au maillot
noir et jaune.

— Ah, je ne vois pas, je ne vois pas... répétait
l'habitant de l'île en regardant la carte avec attention.

— C'est extraordinaire ! s'exclama Krühl en fau-
chant avec sa canne les herbes qui l'entouraient.

— Je n'ai pas remarqué ce rocher, dit l'homme,

j'ai donné peu d'attention aux choses qui m'environnaient, Monsieur.

— Comment êtes-vous venu ici? demanda Krühl brusquement.

— Je vais vous expliquer tout, et vous penserez avec moi qu'il vaut mieux rester le moins longtemps possible sur cette île que le monde civilisé doit ignorer. La Providence vous a conduits ici. Je remercie la Providence. Et mes compagnons? Il baissa la voix. Ceux-là ne sont pas très intéressants, un Nègre et un Annamite qui vivait ici avec sa congaye. Cette congaye est partie l'année dernière, je crois... on ne sait plus comment on vit, l'année dernière, ma foi, avec le Chinois justement. Ce Chinois qui est notre maître à tous, dont personne ne sait le nom et qui débarque dans son île sans crier gare, avec ses bourreaux, vêtus de soie noire, mais avec une grande simplicité. A bord du vapeur gris tout l'équipage est chinois. C'est, Monsieur, un enfer, paraît-il, je dis ce que l'on m'a dit, car pour moi, je n'ai jamais mis les pieds sur ce bâtiment. Il y a des moments où je perds la mémoire, mais je me rappelle ce que disait l'Annamite qui fume l'opium... vous le verrez.

— Nous l'avons vu, dit Krühl, il dormait quand nous sommes entrés dans la grotte.

— Ah, voyez-vous. Il dormait. Et l'autre?

— Le nègre?

— Mon Dieu, oui, vous l'avez vu aussi? C'est un pauvre homme et bien à plaindre. L'année dernière il possédait encore ses deux mains... C'est le plus ancien de nous trois... Autrefois, paraît-il, il y a quinze années, par exemple, on pouvait compter cent à deux cents têtes sur l'île... Et puis, il y a eu des ennuis, paraît-il toujours... alors le Chinois en a pendu et il disait que c'était idiot de détruire des sujets sans aucun profit pour son institution.

— Reposez-vous, mon ami, dit Krühl avec douceur. Il est évident que vous avez beaucoup souffert. Nous allons établir notre campement ici sur cette colline. Vous vous restaurerez avec nous ; vous vous reposerez et demain vous nous donnerez bien gentiments les explications dont nous avons besoin. Il n'y a pas de danger à s'installer ici pour passer la nuit ?

L'homme fit un geste de dénégation.

— N'est-ce pas, Heresa, j'ai raison. Il vaut mieux coucher sur nos positions que de perdre du temps en revenant sur nos pas. J'ai la certitude que le mystère qui enveloppe la présence de ces malheureux sur cette île n'a rien de commun avec le but que nous poursuivons.

Eliasar regarda Krühl et se toucha le front avec l'index.

— Eh non, Monsieur, je ne suis pas fou, riposta l'homme barbu ; je vous donnerai plusieurs preuves d'une lucidité d'esprit qui me valut — il se rengorgea — quelque considération dans ma jeunesse, à Moscou, mais surtout dans le Sud, au bord de la mer Noire.

Peter Lâffe ramassa quelques branches et Conrad versa du café froid dans une petite marmite en aluminium. Le feu flamba joyeusement, le vent de mer couchait la fumée contre le sol.

— Autrefois, Monsieur, je faisais du commerce pour une grande maison de thé ; il faut vous dire que je suis Russe. Alors, naturellement, pour traiter des marchés avantageux, j'ai pénétré en Chine par le Transsibérien, histoire de recueillir la petite feuille verte. On trouve de jolies légendes là-dessus dans les œuvres de Lafcadio Hearn. J'ai donc vu la Chine, j'ai traité des affaires avec des mandarins qui m'ont roulé, Messieurs, et puis je suis tombé, un beau jour, chez un bourgeois extrêmement bien élevé. Nous avons tiré ensemble sur le bambou, et puis et puis, c'est ici que l'histoire s'embrouille, et puis... voilà.

L'homme se frappa la tête avec la main. « C'est-à-dire que je me suis réveillé ficelé comme un objet de luxe. On m'a embarqué quelque part sur un bateau quelconque. J'ai fait tout le voyage à fond de cale, avec une dizaine de compagnons. Nous devions servir de fret. Je ne vous dirai rien, Messieurs, d'un voyage accompli dans de telles conditions : c'est inconfortable et d'une banalité prétentieuse. Tous les livres d'aventures sont bourrés de voyages à fond de cale, de combats avec des rats insolents et jamais rassasiés. Donc, ne comptez pas sur moi, pour la partie descriptive de cette page d'histoire. Vous savez, chez nous, nous sommes assez nonchalants. Pourtant quand les Chinois m'eurent débarqué sur cette île et abandonné avec mes compagnons et tout un choix de conserves de bonne qualité, j'eus la faiblesse de croire que ces individus commettaient une énorme sottise en ajoutant cette dernière vexation à la série de celles que je venais de subir. Quelle innocence était la mienne ! Au bout d'un mois de captivité dans cette île, nous fîmes, mes compagnons et moi, la connaissance de l'horrible nègre que vous avez laissé à la porte du blockhaus.

— Le blockhaus ? s'écria Krühl. Puis se mordant les lèvres, il fit signe au Russe de poursuivre son récit.

— Oui, du blockhaus... le petit cottage qui nous sert de boudoir, de garde-manger et de fumerie... (il baissa la voix). Nous avons de l'opium à notre gré, et pas de droits à payer (il ricana). Je ne puis vous dépeindre l'horreur sereine de cette île. Ma raison, je le sais, perdit un peu de son équilibre. Toutefois, je dois avouer que cette captivité au milieu d'un cauchemar hélas réel ne m'enleva jamais le goût des belles-lettres. J'ai composé des chansons qui, j'ose le croire, ne manquent pas d'une mélancolie sauvage. Je composais, pour l'ordinaire, au bord de ce ruisseau. Pour commencer, la présence du ruisseau suffisait à faire naître l'inspiration. Ensuite ce moyen échoua, car mon cerveau, préoccupé par l'opium et le Chinois, propriétaire de cette île, ne parvenait plus à grouper les éléments nécessaires à la confection d'une chanson sauvage que j'eusse voulu entendre chanter par une autre voix que la mienne. Il me fallut forcer la dose. De ce jour, j'écrivis mes vers en m'asseyant auprès du ruisseau, mais en ayant soin de plonger mes deux pieds dans l'eau. Je composais mon épitaphe et mon oraison funèbre quand vous m'êtes apparus en sauveurs.

Le Russe débitait son discours d'une voix douce et chantante. Il ne regardait personne en face et ses maigres épaules se serraient craintivement.

— Vous dites, interrogea Krühl, que cette île appartient à un Chinois, propriétaire également d'un petit vapeur ? Avez-vous des renseignements sur cet homme ? Que sont devenus vos compagnons de captivité ? Dans quel but vous a-t-il déposé sur cette île perdue ?

Le Russe indiqua sa bouche pleine de biscuits. Dans sa précipitation il s'étouffa même. Il fallut le secouer par les épaules et le bourrer de claques sur les omoplates pour lui rendre l'usage de la parole.

— Je suis très fatigué, Messieurs, l'émotion que je viens d'éprouver m'a coupé les bras et les jambes. Je suis dans un état de faiblesse extraordinaire. Quand vous connaîtrez ma vie sur cette terre de désolation et la situation que l'avenir me réservait, vous m'excuserez pour bien des petites choses qui peuvent me faire paraître ridicule et plat. Autrefois j'étais un bel homme avec un teint vif, un gros ventre et des moustaches courtes taillées en brosse à dents. Tenez, encore aujourd'hui : il y a la question des femmes qui me tourmente... Je mange, je bois, je me sers, je fais comme chez moi, soyez assez gentils pour m'excuser.

Souriant, il se servit une large tranche de jambon. Autour de lui Eliasar, Krühl et le capitaine, tous trois allongés sur l'herbe, regardaient la nuit descendre sur la cime des arbres. Au milieu de leur groupe, la silhouette inquiétante du Russe donnait aux choses inertes une qualité et une saveur qu'aucun des trois hommes n'appréciait avec bienveillance. Et cela pour des raisons différentes, naturellement.

XVIII

LE CHINOIS

Quand le Russe eut terminé son repas, il s'essuya
la bouche avec sa manche et poussa un grand soupir
de bête repue et satisfaite.

— C'est autre chose que des conserves, dit-il.

Krühl lui offrit un cigare. L'homme se mit à fumer
délicatement, gardant longtemps la fumée dans sa
bouche et la faisant ressortir par le nez.

— Je n'ai plus l'habitude, ça m'endort.

— Comment vous appelez-vous ? demanda Krühl.

— Oh ! je vous demande pardon. Je ne me suis pas
présenté. Je m'appelle Oliine Yvanovitch.

— Votre pays est en guerre contre l'Allemagne.

— Ah ! fit Oliine, ici nous sommes loin de tout
cela.

— Maintenant, pouvez-vous nous donner quelques renseignements sur ce Chinois dont vous semblez craindre le retour ? Savez-vous si des fouilles ont
été entreprises ici, depuis votre arrivée dans l'île ou
avant ?

— Des fouilles ? L'homme ricana. Il y a peut-être
un trésor caché dans l'île ?

Krühl sentit un flot de sang lui monter au visage, il
tâcha de réparer sa sottise.

— Bouh, bouh, peuh ! Le sous-sol renferme, en

effet, des mines de cuivre importantes et je désirais savoir si votre personnage avait eu l'intention de les exploiter.

— Je vous ai dit, poursuivit Oliine sans répondre à la question de Krühl, que le Chinois m'avait pris chez lui, comme un brochet dans une nasse. C'est la gueule qui m'a perdu et... le reste, car j'étais tombé amoureux d'une danseuse chinoise, une petite figurine en vieil ivoire, Monsieur. J'ai dû fumer trop de pipes et l'on a fait de moi ce qu'on a voulu. Le Chinois, je l'ai appris par le compagnon sans oreilles que vous avez laissé au milieu de son trésor de boîtes de sardines, le Chinois est, comment dirais-je, exécuteur des hautes œuvres, ou plutôt professeur des exécuteurs des hautes œuvres du Céleste Empire. C'est un homme considérable qui ne manque pas d'instruction et qui peut découper un type comme vous et moi en mille morceaux agréablement parés avant de lui permettre de rendre l'âme. On n'obtient pas un tel résultat en naissant et c'est une profession qui demande un apprentissage long et consciencieux. Un bourreau chinois, mon cher ami, n'est pas un salopiaud de saboteur comme les bourreaux européens. C'est un personnage gonflé de dignité et saturé de sciences, tel un professeur d'université. Aussi mon ravisseur cultivait les belles-lettres, à ses heures de loisir. Les jeunes gens qui désirent embrasser la carrière de bourreau doivent travailler et se faire la main. Il leur faut des sujets d'études, de simples sujets à disséquer, des patients qui leur permettraient d'étudier en détail les différents supplices en usage dans un pays où les nerfs des habitants ne sont pas précisément à fleur de peau. Un bourreau chinois n'est pas, comme vous pourriez l'imaginer, un butor vêtu de pourpre et portant un pourpoint de

222

montreur d'ours en foire. C'est un personnage pondéré, d'une extrême douceur, vêtu de noir, parant son nez de lunettes cerclées d'écaille selon la coutume des gens doctes qui tiennent à des détails de costume permettant de ne pas les confondre avec des greluchons coureurs de coquines.

— Dépêchez-vous, dit Eliasar qui trépignait. Vous nous faites perdre un temps précieux. Nous ne sommes pas ici pour nous amuser. Je crois que vous pouvez vous féliciter de nous avoir rencontrés et si nous nous permettons d'insister, c'est qu'il est urgent pour nous de connaître l'identité de ce personnage que vous vous acharnez à rendre énigmatique.

Le Russe éclata de rire, assez niaisement pour se rendre antipathique à Krühl qui haussa les épaules.

— Hâtons-nous d'exécuter notre projet, fit Eliasar, et puis nous emmènerons le type. Quant à ses deux compagnons... Il n'acheva pas sa phrase.

On prit le chemin de la petite anse où la chaloupe de l'*Ange-du-Nord* était amarrée. En apercevant l'élégant voilier chassant sur ses ancres, le Russe poussa des exclamations de joie. Il gambadait comme un jeune lapin. Joaquin Heresa le contemplait avec l'expression d'un fox-terrier que son maître tient au collier en présence d'un chat.

— Abrégez, abrégez, murmura-t-il très bas, à l'oreille d'Eliasar.

Depuis le débarquement dans l'île, les compagnons de Krühl et Krühl lui-même se sentaient devenir la proie d'une inexplicable nervosité.

Krühl paraissait inquiet. Il réclama Chita. La belle fille débarqua à son tour et s'installa sous une tente que M. Gornedouin dressa avec l'aide de Manolo.

Bébé-Salé descendait parfois à terre, mais préférait regagner le bâtiment, ainsi que les hommes de l'équipage, pour y passer la nuit. La surveillance se relâchant, on buvait ferme dans le gaillard d'avant. Tous préféraient les plaisirs qu'un tonneau de rhum leur dispensait au séjour monotone sur une île inhabitée.

Conrad avait raconté l'histoire de la caverne et la découverte du Russe.

— C'est tous bandits, sauvages et compagnie, avait déclaré Bébé-Salé afin d'établir une morale à l'aventure.

Chita à terre revint prendre sa place auprès de Krühl, allongée à ses pieds, selon son habitude.

Quand elle vit le Russe pour la première fois, à table, elle lui jeta à la figure de menus morceaux de biscuits. Krühl la menaça de sa cravache et elle enlaça ses bras nus au col robuste du Hollandais.

— Ah! Quelle belle fille! Quelle belle créature, Monsieur! répétait Oliine en fixant insolemment Conchita à moitié nue dans ses oripeaux multicolores.

On habilla Oliine avec un costume de toile qui appartenait à Krühl et on l'utilisa dans la mesure de ses forces, car il était extrêmement faible.

Le cinquième jour du débarquement dans l'île, Krühl revenant harassé d'une longue randonnée à travers les hautes herbes et le bois de chênes-lièges, où il espérait toujours découvrir le fameux Champignon, déposa sa carte sur la table pliante dressée à l'entrée de la tente où reposait la Cubaine.

— Voyons, Monsieur, dit-il brusquement à Heresa, pouvez-vous me dire en quoi l'île que nous occupons ressemble à celle dessinée sur cette carte.

Heresa, suffoqué, bégaya : « Dans ces conditions, monsieur Krühl, jé vous démande dé rentrer à bord et jé vous réconduirai dans un port quelconque à votre choix... Jé suis un marin et jé... Virgen del Carmen! Vous mé prenez pour un garnément. »

Krühl s'adoucit immédiatement. « Ne vous fâchez pas, bouh, bouh, peuh. Je suis découragé. J'ai sillonné le bois en tous sens et je n'ai rien trouvé qui puisse me mettre sur la voie d'un des points de repère admirablement indiqués sur cette carte. Je vous demande simplement de m'affirmer que vous ne vous êtes pas trompé.

— Jé vous donne ma parole qué nous sommes sur l'île indiquée sur cette carte. Lé trésor doit être ici... Mais croyez-vous qué l'individu qué nous avons rencontré près de la caverne né soit pas au courant dé cé qui nous tourmente tous ?

— C'est un fou, répondit Krühl, nous ne pouvons rien en tirer. Depuis cinq jours que nous sommes ici, je n'ai pas encore réussi à m'expliquer sa présence ainsi que celle des deux misérables créatures que je ne veux plus voir.

— Le nègre me dégoûte particulièrement. Je n'ai rien vu de plus répugnant que ce tronc vivace et agile, approuva Eliasar.

— Lé Russe sait quelqué chose, s'écria Joaquin Heresa avec violence, il faut lé faire parler, jé lé ferai parler avec une baguette rougie au feu.

— Employons la douceur et la patience, conseilla Krühl qui voyait l'espérance refleurir devant lui.

Le dîner fut morne. Eliasar paraissait accablé. Heresa de mauvaise humeur se taisait, tournant le dos à Chita qui, les mains nouées autour de ses genoux, fumait de longues cigarettes qu'elle roulait elle-même avec une prodigieuse habileté.

— Vous n'avez toujours pas dévoilé ce que vous savez sur le fameux Chinois, interrogea Krühl en s'adressant au Russe.

— Ah ! vous y revenez, répondit Oliine avec satisfaction... Pour ma part, je ne me sentirai capable de raconter une histoire avec distinction que lorsque je serai en sécurité sur votre bel *Ange-du-Nord* ou plus exactement quand nous aurons mis un continent entre nous et cette île de malédiction. En somme, mon cher Monsieur, le Chinois est un homme simple et par cela même beaucoup plus épouvantable que tout ce que vous pouvez imaginer.

Il sortit de la poche de son pantalon une enveloppe de papier jaune. Il l'ouvrit et étala sur la table une série de photographies représentant, dans toutes ses phases, le supplice des cent morceaux.

Le patient, comme en extase, bourré sans doute d'opium, découvrait ses dents serrées dans une grimace qui ressemblait à un sourire de jouissance. Il avait déjà perdu un bras, ses jambes pendaient comme deux bâtons sanglants et la peau de son ventre, rabattue soigneusement ainsi qu'un tablier, couvrait ses genoux.

Autour du gibet où le supplicié était accroché, des oisifs appréciaient la beauté du travail. Un homme, correctement vêtu d'une robe noire, choisissait des couteaux dans une trousse. Sa figure bienveillante était celle d'un équarrisseur consciencieux.

— Alors ? fit Krühl en passant les photos à Eliasar.

— Rendez-moi ces photographies, dit Oliine. Je serais désolé de les perdre. Cet homme que vous voyez dans le coin, choisissant les instruments de supplice, c'est lui.

— C'est un bourreau ? interrogea Krühl.

— Naturellement, répondit Oliine.

— Pourquoi vous a-t-il enfermé dans cette île... Une vengeance, sans doute ?

226

— Non. Il recrute comme il peut des sujets pour ses élèves, et comme les volontaires sont plutôt rares, il prend de force les patients destinés à ses disciples, durant leurs années d'apprentissage dans son collège.

— Je comprends... alors si nous n'étions pas venus ?

— J'aurais eu toutes les chances de mon côté pour figurer dans un avenir peut-être peu éloigné à la place du sinistre inconnu dont vous avez l'image sur cette photo. Le nègre de la caverne a, paraît-il, servi de sujet d'expérience dans cette île même, mais il y a longtemps. Depuis une dizaine d'années, le Chinois n'opère plus sur l'île. Il vient chercher ses patients, les emmène dans son vapeur et les débarque en Chine. J'ai eu, par l'Annamite qui est revenu de là-bas sans oreilles et sans nez, des révélations suggestives et littéraires, touchant certaine ville de Chine, d'un chic, d'un pittoresque et d'un goût — il arrondit sa bouche en cul de poule — une cité d'art dont nous ne pouvons nous faire une idée avec nos principes d'Européens et notre imagination bornée. Bref, une véritable bonne fortune pour les touristes et les amateurs d'émotions.

Oliine regarda tout le monde, prit une cigarette dans la boîte d'Eliasar et baissant légèrement la voix, il reprit : « Figurez-vous une ville très ancienne, dans une partie de la Chine encore inexplorée, dans un cadre admirable où les premiers horticulteurs du monde se sont concurrencés pour le régal des yeux. Cette ville, naturellement, est close. Pas de concessions européennes, pas de consulats, pas de balivernes philanthropiques, pas de duperie, mais de bons Chinois conservés dans l'opium et des coutumes étourdissantes : de quoi écrire un livre, des livres. Pour moi l'évocation de cette cité est en vérité, assez facile, puisque j'ai vécu dans le pays : pour vous autres, j'avoue que l'image réelle de cette ville sans nom doit paraître un peu excessive. Ce n'est pas un cauchemar, croyez-le, l'Annamite qui a vécu chez le Chinois m'en a fourni la preuve. Cet Annamite est un ancien tirailleur dont les mœurs infâmes l'indiquaient au mépris des hommes de toutes couleurs. Il m'a dit la vérité et j'ai pu rétablir, entre deux pipes, certains soirs de lucidité parfaite où nos têtes étaient de cristal, l'atmosphère et la physionomie de la cité sans nom, où, je n'ai pas honte de l'avouer, sans votre intervention, j'aurais été mourir morceaux par morceaux.

« La ville, bâtie à la chinoise, est construite au sommet d'une montagne fertile. Elle est entourée de tous côtés, je l'ai dit, d'horticulteurs consciencieux qui sèment des fleurs et les laissent pourrir sans oser y toucher. De beaux corbeaux d'ébène y séjournent quelques mois de l'année, avant d'aller reposer leurs estomacs à la campagne, en goûtant la frugale nourriture des champs cultivés.

« Certaines villes d'Allemagne, de France, et d'Italie, vous le savez aussi bien que moi, abritent plus spécialement un corps de métier quelconque dont les boutiques et les coutumes donnent à la cité une physionomie tout à fait spéciale. Cette ville de Chine tira sa caractéristique de cette circonstance qu'elle est habitée en majeure partie par des bourreaux, des maîtres bourreaux, des aides et des valets.

« En Chine, comme dans tous les pays civilisés, la peine de mort existe. La différence entre ce pays et ceux d'Europe tient en ce fait que le condamné, sa peine une fois prononcée, est libre de choisir son supplice et ses exécuteurs.

« La mise à mort du condamné n'est pas un

228

monopole d'Etat, mais bien une industrie privée. Vous pouvez, moyennant un prix assez variable, choisir une exécution capitale de première classe avec échafaud dominant la foule, garde d'honneur, musique militaire et acclamations populaires. Beaucoup de condamnés à mort n'hésitent pas devant les grands frais d'une exécution de première classe. Ils agissent ainsi pour la famille, vous comprenez. Les pauvres sont exécutés aux frais de l'Etat sans trompettes ni cymbales, et personne ne se dérange pour les voir.

« Il résulte de cette coutume une merveilleuse émulation dans la corporation des bourreaux. Les bourreaux, m'a dit l'Annamite, tiennent boutique dans les quartiers les plus selects : des boutiques étincelantes avec des vitrines, des dactylographes, des caissiers et un gérant responsable.

« Dans les vitrines, illuminées dès la tombée de la nuit, les yeux des oisifs et des clients sont amusés par les modèles reproduits par des peintres habiles des plus belles exécutions capitales dont le propriétaire de la maison puisse s'enorgueillir. Les prix sont affichés en gros caractères, et des arrangements existent quand le supplicié ou sa famille paraissent solvables. C'est gamin, n'est-ce pas ? La publicité joue un grand rôle dans cette affaire comme dans les autres. Les murs de la Cité des Bourreaux sont couverts d'affiches, parfois amusantes, où l'imagination des artistes chinois se donne libre cours.

« Des enseignes ornent et brimbalent à la porte des magasins d'exécutions capitales, tâchant par la qualité du travail annoncé, l'honnêteté des prix, et leur valeur artistique, à récolter la clientèle légère des gibiers de potence consacrés par la loi. " Ici on pend mieux qu'en face " voisine avec " La spécialité des cent morceaux ". " Le décapité prévoyant " fait, en offrant une prime, baisser les prix de la vieille maison " L'écorché économique ". C'est inouï. Vous vous rendez compte, Messieurs, de l'effet produit ? Hein ? »

Krühl regardait Oliine avec de petits yeux ronds et les sourcils levés. Il n'ajouta aucun commentaire aux dernières paroles du Russe.

— C'est l'Annamite qui m'a confié ce que je vous raconte. Ce n'est pas un menteur. D'ailleurs de telles choses ne s'inventent pas. Le Chinois habite cette ville, il tient un collège d'élèves bourreaux. Un jeune homme sort de chez lui, connaissant son métier rubis sur l'ongle. Le maître se procure des sujets où il peut, et les préjugés ne l'embarrassent pas. Quand il a fait moisson de quelques douzaines d'individus comme le nègre, l'Annamite, moi et vous, si vous ne vous hâtez pas de foutre le camp de cette île, il les dépose au pied de la caverne que vous avez visitée avec des provisions pour s'entretenir l'estomac pendant cinq ans. Quand il a besoin de monde, il vient choisir dans sa réserve. Il est venu l'année dernière et a emmené une dizaine d'hommes avec lui, dont un petit Portugais, assez instruit, le pauvre enfant. Il y a quinze jours que je possède la clef du mystère. Les autres accueillaient le Chinois comme un sauveur et montaient dans le vapeur gris perle en sautant comme de pauvres idiots. Quand j'ai su la vérité, à la faveur d'un mouvement de sympathie du fumeur d'opium, j'ai failli perdre ma lucidité d'esprit. Lorsque vous m'avez trouvé les pieds dans le ruisseau, je composais des vers, ce qui prouve surabondamment que le calme est revenu. Cette phrase se trouve intégralement dans les œuvres de Nicolas Gogol.

Oliine dormait, couché sur un lit de feuilles sèches, devant l'entrée de la tente où reposait Conchita. Krühl, Eliasar et le capitaine, assis dans l'herbe, fumaient méthodiquement, en commentant pour eux-mêmes l'histoire d'Oliine. Ils appréciaient la personnalité du Chinois selon la puissance de leur imagination.

— Nous trouverons le trésor demain, j'en ai la certitude, dit Eliasar. Nous nous diviserons en deux bandes et nous explorerons la côte ouest de l'île que nous n'avons pas touchée. Le trésor doit être intact, car ce malheureux paraît l'ignorer. Le Champignon a été détruit par le temps; il faudra donc nous passer de ce témoin. Comment trouvez-vous l'histoire du bonhomme ?

— Pas drôle, répondit Krühl.

— Jé vous dis qu'il faut terminer l'affaire au plus vite, déclara Joaquin Heresa.

— Oui, dit Krühl. Emmènerons-nous le nègre et l'Annamite ? ou signalerons-nous tout simplement l'île aux autorités américaines ?

— Né compliquons rien. Pas d'autorités américaines, si vous voulez bien mé croire. Cé n'est pas très humain, jé lé sais, mais lé nègre et l'Annamite né valent pas grand-chose et l'arrivée des Américains dans une île bouleversée par nos fouilles nous attirerait des ennuis.

Krühl soupira. Eliasar, épuisé par la chaleur, s'était endormi.

— A demain, dit le capitaine en serrant la main de Krühl qui pénétra sous la tente.

Le lendemain au petit jour, Krühl, Eliasar et le capitaine partirent en expédition. Krühl, après avoir hésité un peu, emmena, malgré l'avis de Joaquin, l'Espagnol Manolo pour l'accompagner. Manolo tenait en laisse le cochon destiné à découvrir la truffière miraculeuse que Krühl pensait rencontrer à proximité d'un rocher moussu affectant vaguement la forme d'un champignon.

A midi, les chasseurs rentrèrent les mains vides. Eliasar, sombre et préoccupé, se livrait par instants à des accès de gaieté un peu forcée. Krühl, énervé et méfiant, bouscula la table et souleva la natte qui fermait l'entrée de la tente.

— Où est Chita ? Chita n'est pas là, bon Dieu ! Il se tourna vers Bébé-Salé : « Je t'avais dit de ne pas la laisser s'éloigner, vieil imbécile ! »

Il siffla plusieurs fois. Personne ne répondit à son appel. Il examina le Russe qui, les mains dans les poches de son veston trop large, contemplait cette scène avec complaisance.

— Vous ne l'avez pas vue, vous ? lui demanda le Hollandais avec rudesse.

— Je crois que Madame est partie se promener dans cette direction. Il n'y a pas plus d'une demi-heure.

Krühl prit sa canne et remonta le sentier frayé dans les hautes herbes vers la direction de la caverne des boîtes de sardines.

Heresa adressa un signe de tête à Eliasar qui sauta sur ses pieds et s'élança sur les traces du Hollandais. Les deux hommes arrivèrent ensemble devant la pierre plate à proximité de la caverne et le spectacle qu'ils aperçurent les cloua sur place pendant quelques secondes.

Chita demi-nue, la robe déchirée en lanières, luttait silencieusement mais avec férocité contre le nègre monstrueux. Le misérable, cramponné à sa taille, s'efforçait de la courber vers le sol en l'attirant à lui, et Chita, une main appuyée sur la face de l'amputé, essayait de crever avec ses ongles déjà ensanglantés les yeux vitreux du frénétique. Le nègre tenait étroitement enserrée entre ses deux moignons la taille souple de la chula. Il soufflait comme un boulanger pétrissant le pain.

D'un bond, Joseph Krühl fut sur le groupe. Il tenta de dénouer l'étreinte du nègre en lui tordant les bras ; le misérable se retourna et lui mordit la main. Krühl osait à peine toucher l'infâme créature. Chita, essoufflée, les flancs soulevés, faiblissait. Elle tomba sur les genoux, roula sur le sol, maintenue par le nègre rampant. Alors Krühl prit son pistolet, l'appuya sur la face lubrique de l'agresseur et pressa la gâchette de l'arme. L'homme se tordit comme une pieuvre trouée par une fourche ; ses membres mollirent, et subitement il mourut, secoué de deux ou trois spasmes. Ratatiné sur le sol, il paraissait étrangement diminué et perdait toute proportion humaine. Chita se releva et, de toutes ses forces, lança un coup de pied dans les gencives retroussées du nègre dont les dents blanches se couvrirent d'une mousse sanglante.

Krühl, prenant la fille par un poignet, la gifla et la fit pirouetter devant lui. « Marche, marche ! » lui criait-il en la suivant.

Eliasar tâta son couteau dans la poche de son pantalon. Il suivit Krühl qui invectivait toujours contre la fille, en gesticulant, la figure pâle et les mains tremblantes.

Quand ils revinrent au campement, cependant que Krühl poussait brutalement Chita dans la tente, en lui jurant qu'il la reconduirait lui-même à bord avant une heure, Heresa interrogea d'un simple mouvement des sourcils Eliasar qui rongeait ses ongles. « Eh bien quoi ? » dit-il.

— J'ai eu les flubes, avoua Eliasar.

On entendait sous la tente Chita gémir et pleurer comme une fillette. Krühl sortit. Sans regarder personne, il s'assit, tenant sa tête entre ses mains. Une crise de détresse le terrassa ; les larmes coulaient sur ses joues en avalanche.

— C'est le premier homme que j'ai tué, bégayait-il, j'ai tué un homme, un homme.

Heresa écœuré rentra sous bois. Eliasar tirait sur sa pipe sans dire un mot. Bébé-Salé se tassait derrière les briques du fourneau qu'il avait construit à l'abri du vent.

— Un homme ! un homme !... gémissait Krühl.

On laissa Krühl se calmer seul. A la tombée de la nuit, Manolo le reconduisit avec Chita et le capitaine, à bord du bâtiment.

Eliasar resta dans l'île, allongé devant la porte de la tente, maintenant vide. Il entendait les matelots chanter et rire sur l'*Ange-du-Nord.* Dans les mains de Fernand, l'accordéon poussif s'essoufflait au rythme des danses mexicaines. Krühl et Conchita, réconciliés, faisaient la fête. Vers minuit, Eliasar perçut un grand cri d'homme. On se battait à bord de l'*Ange-du-Nord.* Puis le silence régna subitement. Mais pendant une heure, la petite lueur d'une lanterne courut sur le pont de l'avant à l'arrière comme un feu follet.

— C'est donc demain, dit Eliasar, presque à voix haute, que je découvre le trésor.

Il se leva pour toucher du bois, et tout en tisonnant

234

le feu à demi éteint, du bout de sa canne, il regardait Bébé-Salé qui dormait paisiblement, la bouche ouverte, étalant avec la franchise du sommeil sa bêtise sournoise et pondérée.

XIX

LE TRÉSOR

Eliasar passa le restant de la nuit sans pouvoir dormir. Son imagination le transporta à Paris chez le relieur, à Pont-Aven chez l'antiquaire. En contemplant les épreuves photographiques du document qu'il avait fabriqué de toutes pièces, il ne put s'empêcher de sourire en évoquant la gigantesque silhouette de « Bouh-Bouh-Peuh » lancé à la poursuite d'un trésor qu'il portait lui-même dans sa ceinture.

Aucun bruit ne troublait le sommeil de l'île, et les méditations de Samuel Eliasar. Il souffla, sauta sur ses pieds, se recoucha, essaya de dormir. Il aurait donné dix ans de sa vie pour que la journée du lendemain fût achevée. Le sommeil ne venant pas, il réveilla Bébé-Salé, imposa silence à ses ronchonnements et lui donna l'ordre de faire du café.

Devant ses yeux, l'*Ange-du-Nord* se détachait comme un bel accessoire de théâtre dans le décor féerique de l'aurore.

L'île, le ciel et la mer parurent étrangement artificiels. Le Russe errait sur la grève, misérable, dans son costume trop large. Eliasar le compara à un pitre gesticulant devant la toile peinte d'un jardin d'apothéose sur une scène de café-concert.

Vers huit heures de la matinée, la chaloupe déborda l'*Ange-du-Nord* et se dirigea vers l'île.

Krühl, Heresa, Manolo, Dannolt et Conrad descendirent.

— Il faut que cette situation cesse, disait Krühl, on ne peut plus se faire obéir de cette bande de gredins. Il faut les tenir serrés, vous entendez, monsieur Heresa. Votre Gornedouin est d'ailleurs une moule. Ce n'est pas l'homme de la situation.

— Qu'est-ce qu'il y a eu hier ? demanda Eliasar. J'ai entendu du bruit à bord.

— Ah ! rien qui puisse vous intéresser, répondit Krühl avec une brutalité surprenante.

— Trop aimable, fit Eliasar, en pinçant les lèvres.

Krühl fouilla dans la tente, ramassa quelques objets qu'il remit à Bébé-Salé en lui donnant l'ordre de regagner le navire, d'y rester et de renvoyer la chaloupe avec Rafaelito.

— C'est inutile que Bébé-Salé demeure plus longtemps ici. Nous allons explorer la partie de l'île qui s'étend derrière la caverne des boîtes de sardines, et si nous ne trouvons rien, nous reprendrons la mer. Il est stupide de poursuivre plus longtemps cette aventure. Prenez chacun une carte de l'île, nous allons essayer encore une fois de faire du bon travail. Nous partirons quand la chaloupe sera de retour avec le matelot.

Krühl paraissait plus agité que de coutume. Depuis quelques semaines, il avait complètement cessé de s'enthousiasmer sur les exploits des gentilshommes de fortune, bien qu'Eliasar lui tendît plusieurs fois l'appât destiné à amorcer une conversation imagée dans le goût de celles qui alimentaient les veillées de l'hôtel Plœdac.

— Lé gars est changé, dit Heresa, lé bougre sé

238

présente debout au vent. On dirait qu'il se doute dé quelque chose.

— N'oubliez pas le signal convenu, répondit Elia-sar. Quand je laisserai tomber mon mouchoir, vous vous éloignerez avec les matelots. Vous reviendrez sur vos pas et vous m'attendrez à côté de la chaloupe.

Krühl donna l'ordre du départ et prit la tête de l'expédition avec le capitaine Heresa. Derrière lui marchait Eliasar. Dannolt et Conrad suivaient en portant chacun une pelle et une pioche.

La sécurité de l'île étant parfaitement établie, les fusils furent laissés à bord. Heresa, Krühl et Eliasar étaient armés chacun d'un pistolet à chargeur.

La bande contourna la caverne des boîtes à sardines, Krühl ne voulant pas rencontrer sur sa route le corps du nègre qu'il avait tué. Le ciel, saturé de lumière aveuglante, recouvrait le paysage comme une calotte de métal chauffé à blanc. La figure de Krühl, ruisselante de sueur, semblait un morceau de viande de boucherie. Il s'épongeait le front, reniflait et s'arrêtait fréquemment pour reprendre haleine.

La caverne dépassée, quand elle ne fut plus au sommet de la colline qu'un petit tas de pierres rouges, Krühl se dirigea à la boussole à travers un plateau recouvert d'une herbe grasse, surplombant un ravin sauvage, aussi étroit que le lit d'un torrent desséché.

— Pas une goutte d'eau ! grommela le Hollandais. Il prit sa gourde, but une copieuse rasade et regarda sa carte. Puis se retournant vers Eliasar et Heresa et leur mettant l'épreuve photographique sous le nez, il glapit : « Bouh, bouh, peuh ! Voulez-vous me dire, nom de Dieu ! voulez-vous me dire où se trouve cette forêt, celle qui est là, là, marquée sur la carte ! »

Eliasar regarda la carte. « Il me semble… Ne nous impatientons pas… Cette forêt… »

Krühl ricana : « Cette forêt doit se trouver probablement dans le coin le plus secret de votre étincelante imagination.

— Bon Dieu! hurla presque Eliasar, blême de colère… Ça crève les yeux, ce torrent est le lit desséché de la rivière indiquée sur la carte. Vous êtes bon, vous, avec vos boniments à la noix. Puis-je vous garantir qu'à deux cents ans de distance, un paysage doit rester ce qu'il était quand cette carte a été dessinée. La forêt est à notre gauche… Et puis, je commence à en avoir assez : depuis plusieurs jours vos manières commencent à m'échauffer les oreilles. Encore un mot et je rentre, vous découvrirez votre trésor comme vous l'entendrez. »

Krühl baissa la tête, se gratta le nez et, vexé, se tut.

— Allons, ce n'est pas le moment de se fâcher, reprit-il, après un long silence. Le trésor se trouve peut-être sous nos pieds, cependant que nous nous chamaillons comme de mauvais camarades. »

Le mot camarade excita sa sentimentalité. Il continua : « Nous sommes des camarades et nous devons agir franchement. Pardonnez-moi mon accès de mauvaise humeur. »

Heresa et Samuel Eliasar ne répondirent pas. On se remit en marche. Krühl tenait toujours la tête du groupe.

Les cinq hommes atteignirent assez facilement le lit du torrent desséché. Les cailloux et les rochers mal équilibrés les uns sur les autres rendaient la route difficile. Krühl geignait et jurait le nom de Dieu sous toutes les formes connues. Une sorte de sentier, ou plutôt une brèche dans la brousse, gravissait à droite le flanc du ravin dont l'arête se perdait dans une forêt de chênes-lièges. Sur les conseils de Krühl, dont les chevilles se tordaient sur les roches, on escalada cette crête et l'on traversa la forêt.

— En réfléchissant, dit Krühl, je pense que nous faisons fausse route, car le blockhaus indiqué sur la carte de Low n'est pas autre chose que la caverne des boîtes à sardines. En appuyant sur le nord-ouest nous devons trouver le Champignon, c'est clair, et nous sommes des idiots. Nous avons battu une partie de l'île qui n'offrait aucun intérêt. Il faut retourner d'où nous venons, s'orienter en prenant pour base la caverne, et cette fois emmener l'un des cochons avec nous. Hein ?

— Vous avez peut-être raison, répondit Heresa, dont l'attention paraissait très distraite.

La petite troupe suivit le Hollandais qui, maintenant, avançait à grandes enjambées, Eliasar marchait derrière lui à quelques pas. On parcourut ainsi sans mot dire plusieurs centaines de mètres, puis tout à coup Krühl se retourna et regarda Eliasar, dont les yeux se dérobèrent : « Quoi ! quoi ! Vous ne dites rien ! » grogna-t-il. Il s'effaça pour laisser passer le « toubib ». Eliasar ouvrit la marche. Tout en marchant, il battait les buissons avec sa canne et fouillait le sol avec le bout ferré. Brusquement il se baissa, Krühl buta contre lui et faillit le renverser. Eliasar ramassa tranquillement une sorte de petit tubercule, noir comme un nez de chien. Il le cassa en deux morceaux et le flaira avant de le tendre à Krühl : « C'est une truffe », dit-il simplement.

— C'est pourtant vrai ! clama Krühl. Alors nous y sommes. Vous avez trouvé le bon coin. C'est une chance... Vous êtes notre porte-veine, mon vieux toubib. Vous venez de mettre le pied ou la main, ou le nez, ce que vous aimerez le mieux, sur la truffière d'Edward Low. Quel malheur d'avoir laissé les cochons à bord !

— Nous pouvons, en attendant, nous reposer un peu, dit Eliasar. Vous courez, mon vieux, comme un rat consumé par l'amour. Ma santé ne me permet pas de me livrer impunément à tous les exercices que comporte, dans ces conditions, la recherche d'un trésor peu complaisant. J'ai toujours lu, dans les livres de voyages, qu'il fallait une assez belle patience pour mettre la main sur ces cachettes qui servaient de bas de laine à ces individus méfiants que l'on ne peut guère considérer comme la crème de l'humanité. Mais cette fois, je suis forcé d'avouer que ce M. Low était particulièrement doué pour décourager les héritiers que l'avenir devait lui choisir. C'est la première fois que je recherche un trésor, mais j'ai la conviction que c'est aussi la dernière. Ce n'est pas absolument la cure de repos réclamée par ma fragile enveloppe.

— Vous l'entendez ! s'écria Krühl, dont la bonne humeur fleurissait les joues. Dans huit jours, ce godelureau changera d'avis… Je le vois déjà se vautrer dans le sein des plaisirs les moins recommandables.

— Pensez-vous ? mon vieux. Je voudrais, oh, je voudrais voir des choux, de vrais choux, et des pommes de terre dans un vrai champ de pommes de terre, et puis des vaches, des moutons et des arbres comme tous les arbres. J'espère que l'énormité de mes souhaits n'empêchera pas le ciel de les exaucer.

— Alors mangeons, répondit Krühl.

Dannolt déballa les provisions et chacun répara ses forces.

— Buvons à notre succès, s'écria Krühl en levant son verre.

Le repas terminé, sur les conseils du Hollandais,

on marqua l'emplacement du trésor de Low afin de le retrouver facilement. Krühl fit une croix avec deux branches d'arbre et la planta à la place où Eliasar avait découvert la truffe.

— Messieurs, dit-il, les arbres qui nous entourent ont dû assister à une tragédie peu ordinaire. Il ne faudra pas se montrer surpris si, en fouillant le sol, nous découvrons des vestiges macabres. L'histoire rapporte que le vieux Flint tua à lui seul les sept matelots qui l'aidèrent à enfouir ses richesses. Low n'a pu enterrer seul son trésor, et je suppose, connaissant le personnage comme je le connais, qu'il n'a pas dû hésiter à se débarrasser des quelques témoins gênants qui l'assistèrent dans son travail.

Une branche craqua. Les cinq hommes surpris se retournèrent, et l'on vit apparaître le Russe, grotesque, la figure exsangue, grelottant de fièvre ou d'émotion.

— Messieurs, cria-t-il d'une voix claironnante, l'Annamite ne fume plus l'opium, sa provision est épuisée... alors il dit que le Chinois viendra nous chercher tous pour nous conduire dans son pays... les uns seront découpés vivants, d'autres... (Il ricana, leva les bras vers le ciel.) Cette île, Messieurs, je l'ai toujours dit, dégoûte les corbeaux eux-mêmes, car la charogne qui l'habite n'est pas appétissante.

Dannolt et Conrad tentèrent de s'emparer d'Oliine, mais le misérable sut les éviter avec l'habileté d'un joueur de rugby marquant un essai. Malgré les appels de Krühl qui tentait de l'amadouer, il prit la fuite à travers les herbes hautes qui le dérobèrent à la vue.

— Il est fou à lier, dit Krühl.

— Peut-être, répondit Eliasar. Toutefois, si cette île perdue recèle le mystère d'une tragédie abominablc, j'ai la conviction qu'Edward Low, l'homme au pavillon noir, n'en est pas la cause. Nous partirons, car il vaut mieux ne pas séjourner trop longtemps ici, et nous laisserons derrière nous Oliine et son Chinois. Car cette question-là, n'est-ce pas, mon cher ami, c'est une histoire où je ne désire pas fourrer mon nez.

XX

C'EST LE VENT DE LA MER...

Eliasar laissa tomber son mouchoir devant Heresa qui le ramassa pour montrer que le signal avait été aperçu. Krühl, selon son habitude, marchait en tête en faisant des moulinets avec son bâton.

Il pouvait être deux heures de l'après-midi. La chaleur étouffante pesait sur les épaules ; la sueur ruisselait sur les visages hâlés des aventuriers.

Krühl voulut couper au plus court pour regagner la rive où le canot de l'*Ange-du-Nord* devait le ramener à bord. Eliasar se retourna et vit que le capitaine Joaquin Heresa ralentissait sa marche. Dannolt et Conrad à ses côtés s'étaient arrêtés pour suivre les explications qu'il leur fournissait.

Eliasar, les yeux fixés sur Krühl, dont le dos voûté le provoquait, ouvrit très doucement son couteau et le glissa dans la poche de son veston afin de l'avoir tout prêt sous la main.

Plusieurs fois encore il regarda derrière lui. Joaquin Heresa et les deux matelots n'avaient pas bougé de place.

Quelques arbres les cachèrent à la vue d'Eliasar qui, alors, soupira bruyamment.

Brusquement, il se trouva seul, effroyablement seul devant le dénouement de la monstrueuse aventure dont il avait créé, un à un, les détails les plus infimes.

Il sentait nettement qu'il ne pouvait plus reculer. A ce moment, pourtant, sa soif de richesses ne le tourmentait pas. Il se savait capable de tuer, mais sans goût en quelque sorte ; sa tâche l'écœurait, et les perles rares contenues dans la ceinture de Krühl, le trésor, celui-là véritable, qu'il avait poursuivi avec tant de clairvoyance et d'opiniâtreté, ne lui laissaient plus aucun désir.

Il toussa plusieurs fois, tâta le manche de son couteau et la lame froide dont il sentit le fil.

Krühl, méditatif, avançait vite, préoccupé à son habitude. Il chantonnait, car la récente découverte d'Eliasar lui redonnait de l'espoir et revivifiait sa confiance défaillante.

— Vous savez, dit-il, sans se retourner, j'ai un sale béguin pour la Cubaine. Je lui reconnaîtrai quelque chose sur ma part.

— Ah ! répondit Eliasar dont la voix s'étrangla.

Krühl ne parla plus. Et son compagnon, comprenant que la seconde décisive venait de sonner dans sa poitrine, s'arrêta un peu pour respirer.

Il sortit son couteau de sa poche. La lame brillait au soleil comme un ventre de poisson. Il assujettit l'arme dans sa main, se rapprocha de Krühl et, ses genoux se dérobant sous lui, il leva le bras...

Le Hollandais se retourna, aperçut le geste homicide, la figure affreuse d'Eliasar que la peur décomposait.

Sans comprendre, il regardait le petit homme et le couteau étrangement brillant qu'Eliasar ne pouvait lâcher.

Dans un éblouissement, la vérité le pénétra comme une blessure.

246

— Cochon! salaud! cochon! rugit-il. Et il se rua sur Samuel qu'il roula dans l'herbe en lui tordant le poignet. La main du misérable s'ouvrit, et la navaja tomba lourdement, comme un fruit mûr.

— Ah! saleté! hurlait Krühl... saleté!...

Il avait pris Eliasar à la gorge et l'étranglait doucement. L'homme râlait, rentrait le menton, essayant de mordre les doigts puissants qui le contraignaient à mourir.

— Tu voulais mon pèze, hein? Et tu savais où était caché le trésor de cet imbécile de Krühl!

Il porta la main à son flanc et tâta sa ceinture pardessus sa chemise de flanelle.

D'un bond il fut sur pied et lâcha Eliasar. Subitement sa figure prit une expression de désappointement assez comique. Il fouilla sous sa chemise, déboucla sa ceinture, l'allongea sur l'herbe. Elle était vide.

— Bon Dieu de bon Dieu! répétait Krühl en contemplant la ceinture étalée sur les cailloux, comme une couleuvre aplatie.

Anéanti par la révélation brutale du désastre, il fixait sur Eliasar un regard hébété.

Ce dernier s'était remis sur ses jambes et le dévisageait froidement. Un sourire narquois entrouvrait ses lèvres.

— Nous sommes faits, dit-il simplement.

— Bon Dieu! beugla Krühl. C'est la Cubaine. C'est Chita qui m'a volé! C'est elle qui m'a volé! courons, courons!

Les coudes au corps, ils coururent à travers la forêt. Les branches leur fouettaient le visage, les cailloux roulaient sous leurs pieds. Ils traversèrent les hautes herbes, gravirent la colline de la caverne.

— Appelez Heresa, criait Krühl. Appelez-le, Eliasar. Vous voyez bien que je ne peux plus.

Il s'arrêta près d'un arbre, prit ses flancs à pleines mains pour calmer la douleur aiguë d'un point de côté.

— Heresa ! Eha ! Heresa !

Ils reprirent leur course vers la grève, vers la mer. Le sang battait dans leurs tempes. Derrière eux le bruit d'une galopade leur fit retourner la tête. Ils aperçurent Oliine dans ses habits de pitre. Il s'arrêta dès qu'il vit qu'on le regardait.

Eliasar ramassa un caillou.

— Laissez-le, laissez cet imbécile. Courons...

Ils bondirent en avant, sautèrent par-dessus le cadavre gonflé du nègre. Dans un éblouissement, Eliasar aperçut des lèvres énormes, tuméfiées, obscènes qui découvraient des dents de bête.

— Courons ! Courons ! répétait Krühl, dont la voix larmoyait d'angoisse.

— Voici le chemin, s'écria Eliasar, prenons à gauche, toujours tout droit... là, la falaise !...

— La mer ! hurla Krühl.

Ils atteignirent, pantelants, le sommet de la falaise qui surplombait la grève.

La mer s'étalait à leurs pieds, infinie et calme. A un mille de la côte, l'*Ange-du-Nord,* toute sa voilure déployée, prenait le large.

— Mon Dieu ! mon Dieu !... Ils sont partis avec le canot ! gémit Krühl en s'agenouillant et en s'arrachant les cheveux.

Samuel Eliasar, debout, la bouche figée dans un sourire raide, regardait s'éloigner le navire, précieusement détaillé sur le bleu délicat d'un ciel limpide. On pouvait distinguer à l'arrière la silhouette ridicule du capitaine Heresa, nonchalamment appuyé sur l'épaule de Chita, dont le jupon rouge flamboyait. A la corne du mât flottait le pavillon noir.

— Ecoutez, dit Eliasar.

Krühl tendit l'oreille.

Portée par le vent, la voix aiguë de Bébé-Salé arrivait jusqu'à eux. Il chantait la vieille chanson de la Côte :

La bonne sainte Anne a répondu
Il vente

Et tout l'équipage de l'*Ange-du-Nord* reprenait au refrain :

C'est le vent de la mer qui nous tourmente.

LE BAL DU PONT DU NORD, *roman*. (Folio, *n° 1576*).

RUES SECRÈTES, *reportage*.

LE TUEUR N° 2, *roman*.

LE CAMP DOMINEAU, *roman*. (Folio, *n° 2459*).

MASQUES SUR MESURE (édition définitive, 1965), *essai*.

LE TUEUR N° 2, (collection L'Imaginaire), *roman*.

L'ANCRE DE MISÉRICORDE (collection Folio-Junior), *roman*.

BABET DE PICARDIE, (collection L'Imaginaire), *roman d'aventures*.

LA CROIX, L'ANCRE ET LA GRENADE, *nouvelles*.

MADEMOISELLE BAMBÚ (Filles, Ports d'Europe et Père Barbançon), *roman*. (Folio, *n° 1361*).

LA LANTERNE SOURDE (édition augmentée, 1982), *essais*.

CHANSONS POUR ACCORDÉON.

POÉSIES DOCUMENTAIRES COMPLÈTES (édition augmentée, 1982).

LE MÉMORIAL DU PETIT JOUR, *souvenirs*.

LA PETITE CLOCHE DE SORBONNE, *essais*.

MÉMOIRES EN CHANSONS.

MANON LA SOURICIÈRE, *contes et nouvelles*.

CAPITAINE ALCINDOR, *contes et nouvelles*.

VISITEURS DE MINUIT, *essai*.

Chez d'autres éditeurs

LE MYSTÈRE DE LA MALLE N° 1 (collection 10/18).

LA SEMAINE SECRÈTE DE VÉNUS (Arléa).

MARGUERITE DE LA NUIT (collection les Cahiers Rouges, Grasset).

BELLEVILLE ET MÉNILMONTANT. Photos de Willy Ronis (Arthaud).

FÊTES FORAINES. Photos de Marcel Bovis (Hoëbeke).

LA SEINE. Photos de René Jacques (Le Castor Astral).

LA DANSE MACABRE (Le Dilettante).

RUES SECRÈTES (Arléa).

NUITS AUX BOUGES. Illustrations de J.-P. Chabrol (Les Éditions de Paris).

TOULOUSE-LAUTREC PEINTRE DE LA LUMIÈRE FROIDE (Complexe).

LES COMPAGNONS DE L'AVENTURE (Le Rocher/ J.-P. Bertrand).

LES CAHIERS P. MAC ORLAN Nos 1-11, 1990-1996 (Prima Linéa).

Impression Bussière Camedan Imprimeries
à Saint-Amand (Cher),
le 1ᵉʳ avril 1999.
Dépôt légal : avril 1999.
1ᵉʳ dépôt légal dans la collection : janvier 1979.
Numéro d'imprimeur : 991358/1.
ISBN 2-07-037083-6./Imprimé en France.